確かな温かさが指に伝わり、
孵化が成功したのだと実感がわいてきた。
「これが、フェニックスなのか？」
「今日からお前は『フェニ』だ」
『ピイ！』
持ち上げたフェニックスのヒナに
俺はそう名前を付けた。

キャロル
若くして国家冒険者となった獣人の少女。
王都に来たばかりのクラウスを
導いてくれる良き先輩。
フェニ
火属性の幻獣。
偶然見つけた卵から
クラウスが『孵化』で孵した。
不浄を燃やし尽くす
【浄化の炎】を操る。
セリア
見思いなクラウスの義妹。
魔法の天才で、
名門校に入学するため
クラウスと共に王都を訪れる。

パープル
クラウスが初めて孵した
マジックワーム。ハーブが主食で、
群生地を探知できる。
クラウス
女神から『孵化』のスキルを授かった少年。
実は孵したモンスターを従魔化したうえで、
従魔の力の一部を得られる
スキルだったため急激に成長中。
現在は国家冒険者を目指している。

「俺の家族を傷つけたやつを逃がすつもりはない！」
フェニの頭にパープルが乗る。フェニが口から虹色の炎を吐くと、それをまともにくらったエルダーリッチはその場から離脱を試みる。

女神から孵化《ふか》の
スキルを授かった俺が、なぜか幻獣や神獣を従える
最強テイマーになるまで

1

The story of
how he became the strongest tamer
to tame phantoms and divine beasts
with the "hatching" skill
granted by the goddess.

Author
まるせい
Illustrator
珀石碧

口絵・本文イラスト　珀石碧

1

The story of
how he became the strongest tamer
to tame phantoms and divine beasts
with the "hatching" skill
granted by the goddess.

CONTENTS

プロローグ

目の前には霧《きり》が漂《ただよ》い、足元がふわふわしている。

熱くも寒くもなく、音すらしないこの場所に、気が付けば俺《おれ》は立っていた。

「意識はありますか、クラウス？」

いつの間にか、目の前に女性の顔がある。

優《やさ》しい光を身に纏《まと》った、この世のものとは思えない美貌《びぼう》を持つ女性だ。

「私はこの世界を司《つかさど》る女神《めがみ》、ミューズ」

「あ、あなたが……ミューズ様⁉」

あまりに突然《とつぜん》の言葉に驚《おどろ》いた。女神ミューズというと、善神として崇《あが》められ、世界中の人々が信仰《しんこう》している対象だ。

俺が住んでいる街にも教会があるし、成人の儀式《ぎしき》のおり、祈《いの》りを捧《ささ》げたこともあった。

「ど、どうして……女神様が、俺なんかの前に？」

生まれてから十六年、自慢《じまん》ではないが平凡《へいぼん》な人生を送ってきた。目立つような悪事を働いたこともなければ、世界を救うような偉業《いぎょう》を達成したこともない。

女神がその姿を見せるのは、世界を救った英雄《えいゆう》、神託《しんたく》を受ける聖女など、選ばれた者に限られると言われている。

「クラウス。あなたは現在、死の淵《ふち》にいます」

「俺が……死に掛《か》けている？」

女神ミューズの突然の言葉に驚く。

あまりの内容に何と言って良いかわからずにいると、女神ミューズは話を続けた。

「実は、今あなたが死に掛けているのは、私のせいなのです」

女神ミューズは申し訳なさそうな顔をすると、美しい瞳《ひとみ》を潤《うる》ませ俺を見た。

「説明をしていただいてよろしいでしょうか？」

流石《さすが》に聞き流せない内容なので先を促《うなが》した。

「私は世界の均衡《きんこう》を保つため、様々な調整をしています。作物が育つように天候を操作したり、国同士が争わぬように神託を授《さず》けたりですね」

女神ミューズは自分が行っていることを俺に話した。

「最近、魔境《まきょう》でモンスターが活性化していて、バランスが崩《くず》れていることを察し、人間に力を授けることにしたのです」

彼女《かのじょ》がそう言っててのひらを上に向けると、パリパリと音を立てる光の玉が現れた。

「本来なら、この世界の王族や貴族、才能溢《あふ》れる者に力を与《あた》えるのですが、間違《まちが》えてその力をあなたに与えてしまったのです」

女神ミューズが手を振《ふ》ると光の玉は掻《か》き消えた。

「それは……どうなるんですかね？」

なんとも反応し辛《づら》いのだがどうにか言葉を捻《ひね》り出す。

「私が与えた力は、本人の潜在《せんざい》能力を拡大して引き出すもの。王族などであれば相当強い能力に目覚めることが期待できます。人々を率いてモンスターを討伐《とうばつ》してもらうつもりでした。ですが、それだけの力となると負荷《ふか》も大きい。クラウス、あなたの器ではそれを受け止めることができなかったのです」

女神ミューズはそう言うとじっと俺を見つめた。

「つまり……その結果、俺は死に掛けていると？」

俺が確認《かくにん》すると、女神ミューズは頷《うなず》く。

「そっか……、俺、死ぬんですね」

これまで大切に育ててくれた両親と、懐《なつ》いてくれた妹の顔が浮《う》かんでくる。

最後に言葉をかわすことなく死ぬことを自覚すると、悲しみが押《お》し寄せ涙《なみだ》が出る。

「いえいえ、死にませんよ？」

　ところが、女神ミューズは手をパタパタ振ると俺の言葉を否定する。

「私も間違いで人間を殺してしまいたくありませんから。私の力で器を大きくしましたし、修復もしておきましたから」

　腰《こし》に手を当て「えへん」と胸を張る女神ミューズ。その態度を、こんな時だというのに可愛《かわい》いと思い一瞬《いっしゅん》見惚《みと》れてしまった。

「だとすると、どうして俺の前に現れたのですか？」

　女神ミューズが姿を見せるのは英雄や聖女など選ばれし者のみ。何か他に理由があるのだろう。

「確かに死にはしないのですが、蓄《たくわ》えていた力をほぼあなたに使ってしまったので、新しく力を蓄えるまで時間がかかるのです。もし可能ならその力を少しでも世界の役に立てていただけないかなぁと思いまして……」

　後ろめたそうな表情を浮かべている。先程《さきほど》、事故で俺を殺しかけたと言っていたので頼《たの》み辛いのだろう。

「わかりました、できることがあるならお力になると約束しますよ」

「本当ですか、ありがとうございます！」

女神ミューズは俺の手を握《にぎ》ると目をキラキラ輝《かがや》かせた。

「うっ……」

視界がぼやけ、意識が混濁《こんだく》し始める。

「安心してください。今、あなたの家族が薬を飲ませたので、意識を取り戻《もど》そうとしているんです」

女神の姿が十にも二十にも見えふらつく。

「いいですか、クラウス。目覚めたあなたにはスキルが備わっています。それを使って――」

声は聞こえるのだが、これ以上意識を保つことができない。俺は、女神ミューズの言葉を最後まで聞くことなく意識を落とした。

第一話

1

「……っ」

目を開けようとすると、眩《まぶ》しく急には開けられない。

徐々《じょじょ》に目の前が見えるようになり両親と妹の姿が映った。

「クラウス！　目を覚ましたか！」

「ああ……良かった」

父親のポールと、母親のタリスが喜んでいる。

「兄さん……本当に良かった。私、兄さんが死んでしまったらどうしようかと……」

妹のセリアは大粒《おおつぶ》の涙を溢《こぼ》しながら俺に抱《だ》き着いてきた。

普段《ふだん》はしっかり者で、よく俺や父親にだらしないと小言を言ってくるのだが、彼女が泣くのを見るのはいつ以来だろう？

両親から優しい言葉を掛けられながら、セリアの頭を撫《な》でる。

「俺って、どのくらい寝《ね》ていたの？」

「お前が雷《かみなり》に打たれてからちょうど一週間になる」

「意識が戻らず、心臓が止まった時はもう駄目《だめ》かと思ったのよ」

俺が聞くと、両親がそう答えた。

雷に打たれたというのは、おそらく、女神ミューズが俺に力を授けた時のことを言っているのだろう。

記憶《きおく》が朧《おぼろ》げだがその前のことは少し覚えている。たしか……。

「それ、セリアは大丈夫《だいじょうぶ》だったのか⁉」

彼女と道を歩いていた最中だったはず。

「ううう、雷に打たれる瞬間《しゅんかん》、兄さんが私を突《つ》き飛ばしてくれたんです。だから、私は火傷《やけど》一つ負ってません」

セリアが顔を上げ、当時の説明をしてくれる。サファイアの瞳を潤ませ俺を見ると、ふたたび胸に顔を埋《うず》めた。

「そうか……お前が無事ならそれでいい」

俺は泣きじゃくるセリアの頭を撫でた。

彼女は俺の両親の子供ではないのだが、十年一緒《いっしょ》に過ごしたので大切な家族だ。セリアの綺麗《きれい》な顔に火傷が残らなかったのなら、俺が雷に打たれた意味もあったというもの。

「それにしても……」

こうして目を覚ましてみると、あれは夢だったのではないかと思い始める。

女神ミューズが俺の夢に現れて神託を告げたと考えるよりは、瀕死《ひんし》の重傷の中、妙《みょう》な夢を見たと思った方が納得《なっとく》できる。

もし、あれが夢でないとしても、いまだ心配そうに俺を見てくる両親や、セリアにそのことを告げるべきではない。頭がおかしくなったと思われるだけだろう。

「兄さん？」

考えこみながら、セリアの頭を撫でていると、心ここにあらずというのを読み取ったのか、セリアが顔を上げる。

「はいはい、セリアもそこまでにしなさい。クラウスもようやく起きたばかりなんだから」

「そうだぞ、重傷だった人間をこれ以上疲《つか》れさせるわけにはいかない」

「そう言えば……ふぁ……、まだ眠《ねむ》いな……」

一週間も寝ていたはずなのに、眠気が残っている。

「話は明日にでもゆっくりするとして、今は休みなさい」

父親の言う通りにしようと考えるのだが、セリアと目が合った。

「いやです。今離《はな》れたら、兄さんが死んじゃいます」

セリアは目に涙を溜《た》め、首を横に振ると強く俺に抱き着いてきた。

「まあまあ、仕方ないわね。クラウス、一緒に寝てあげなさい」

「いや、それは……ちょっと……」

セリアは今年十五歳《さい》になったのだが、身体つきも女性らしく成長しており、顔立ちもそれこそ夢に出てきた女神にも負けない程《ほど》整っている。

そんな彼女と一緒に寝るのは、流石にまずいのではないだろうか？

「兄さんは、私と一緒に寝るの、嫌《いや》……なんですか？」

サファイアの瞳を潤ませながら上目遣《うわめづか》いをするセリア。

俺が倒《たお》れている間ほとんど寝ていないのだろう。目の下に隈《くま》ができているのを見ると、とても断ることはできない。

「はぁ……仕方ないな、今日だけだぞ？」

俺が諦《あきら》めてそう告げると、

「はい、兄さん。大好きです」

セリアは目に涙を浮かべながら笑った。

「お前たちは本当に仲が良いな」

「セリア、ゆっくりお兄ちゃんに甘《あま》えるのよ」

両親は微笑《ほほえ》むと、俺とセリアを残し、部屋を出ていくのだった。


「ううう……暑い、苦しい」

翌朝目が覚めてみると、セリアに抱きしめられた状態だった。

顔には彼女の胸が押し付けられており、呼吸し辛くなっている。

「ううん……兄さん」

セリアは良い夢を見ているのか、口元を緩《ゆる》め寝言《ねごと》を漏《も》らした。

俺はそんな彼女の腕《うで》から抜《ぬ》け出すと、ベッドから降り、彼女を起こさないように部屋から出た。

「あらクラウス、おはよう」

リビングに顔を出すと、母親と目が合った。

「おはよう。父さんは？」

父親がいないので聞いてみる。

「お父さんは仕事よ。あんたが目覚めるまでずっと傍《そば》にいたから、仕事が溜まってるのよ」

俺のために仕事を休んでまで傍にいてくれた。そのことを聞いて胸が温かくなったのだが……。

――グゥゥゥ――

腹が鳴り、俺は空腹だと気付く。

「お腹《なか》ぺこぺこだ。母さん、食事お願い」

母親は、焼きたてのパンを皿に載《の》せサラダを用意する。コップにスープを注ぐとテーブルに置いた。

「うん、美味《おい》しいよ」

久しぶりの食事ということもあって美味しい。空っぽの胃に薄《うす》い味付けのスープが染《し》みわたり、パンの旨味《うまみ》が口の中に広がる。

もし、死んでしまっていたらこの料理を味わえなかったのだと思うと、こうして食事をできることに幸せを感じる。

俺の部屋のドアがバンッと音を立てて開いた。

「兄さん⁉」

セリアが慌《あわ》てた表情を浮かべ、俺を見ていた。

「どうしたの、セリア。朝から騒々《そうぞう》しい……」

母親が咎《とが》めるような目をセリアに向ける。

「起きたら……兄さんがいなかったから……もしかしてと思って」

彼女はホッと胸を撫でおろすと隣《となり》の椅子《いす》に座《すわ》る。

「はい、あんたの分ね」

母親は溜息《ためいき》を吐《つ》くと、セリアの食事をテーブルに置いた。

「どうして、勝手に起きたんですか？」

セリアは俺を責めるように睨《にら》みつけてくる。

「良く寝ていたから、起こすのも悪いと思ったんだよ」

青い瞳が揺《ゆ》れており、今にも泣き出しそうな彼女に理由を告げる。

「心配してくれるのは嬉《うれ》しいけど、この通り平気だからさ。あまり大げさにしないでくれよ」

セリアの気持ちもわからなくはないが、ずっと心配されるというのも疲れるのだ。俺がそう言って説得すると……。

「わかりました。なるべくそうします」

妹は不満そうにしながらも目の前の料理に手を付けるのだった。

朝食を済ませた俺は、部屋に戻り一人で考《かんが》え込《こ》む。女神ミューズと話したのは本当に夢だったのではないか？

今のところ、肉体に何か影響《えいきょう》が出ているということもなく、力が溢れるような感覚もない。女神ミューズが力を与えたと言うからには何かしら影響がなければおかしい。

「そうだ、確か『スキル』がどうとか言ってたな……」

意識を取り戻す直前、女神ミューズは俺にスキルが備わるようなことを言っていた。

俺は念じると自分の状態を見た。

クラウス：人間
性　別：男
年《ねん》齢《れい》：十六歳
称《しょう》号《ごう》：女神ミューズの祝福
筋　力：E
体　力：E

敏捷度《びんしょうど》：E
魔　力《まりょく》：G
精神力：D
幸　運：G
状　態：健康
スキル：『孵化《ふか》』

これは、念じるだけで自分の状態を見ることができる誰《だれ》でも使える魔法《まほう》だ。

それぞれの項目《こうもく》は最高がS、最低がGとなっており、戦いを生業《なりわい》にしていないごく普通《ふつう》の人間の平均はFになる。

「魔力」「精神力」「幸運」は人によってわりとバラバラなのだが「筋力」「体力」「敏捷度」は鍛《きた》えやすいのでそれなりに伸《の》ばすことができる。

「魔力」が高い者は魔導師《まどうし》を目指し「幸運」が高い者は商人を目指すことが多い。

俺はどちらもGなので、それらの職業を目指すのは最初から諦めていた。

「ん、やっぱり……スキルがあるぞ」

スキルとは、特定の能力を発揮できるようになる力だ。

これがあると、その分野において他人より秀《ひい》でることができるので、各分野においてそのスキルの有無《うむ》は重要だ。

国の人間も子供のスキルについては王都から定期的に調査をしにくるくらいだ。その時は俺にスキルなんてものはなかった。

「やっぱり、俺は本当に女神ミューズに会ったんだ」

これまで存在していなかったスキルの出現のお蔭《かげ》で、あれが夢でなかったと確信する。

そうすると、魔境でモンスターが活性化しているという話も真実なのだろうか？

ひとまず、これが本当にスキルなのか検証する必要がある。

俺は部屋を出て外に向かおうとするのだが、セリアについてこられては説明が面倒《めんどう》になる。

「あれ、母さん。セリアは？」

リビングには母親しかおらず、俺は彼女が部屋にいるのかと思い聞いてみるのだが……。

「あの子ならバイトに出掛《でか》けたわよ」

「あれ？　でも、もう辞《や》めたんじゃなかったっけ？」

セリアは王都の名門学校に留学する予定がある。勉強に専念するためバイトを辞めたはずだ。

彼女には「魔導」というレアスキルが備わっており、王都で学べば宮廷魔導師《きゅうていまどうし》の地位も狙《ねら》えると言われているので、セリア自身もそうなることを望んでいた。

だというのに、どうして今更《いまさら》バイトを再開したのだろうか？

「……まあ、いいじゃない。あの子がやりたがってるんだし」

俺が疑問に思い首を傾《かし》げていると、母親が苦い表情を浮かべ言葉を濁《にご》してきた。

「……まあ、勉強に支障がないならいいけどさ。俺ちょっと出掛けてくるよ」

セリアがいないなら好都合。俺は外出することを母親に告げた。

「まだ体調が治ってないいんじゃないの？　セリアが戻るまで待ったら？」

母親は心配そうに見てきた。だけどそれでは意味がない。このスキルがちゃんと使えるか一人で確認をしたいのだ。

「ずっと寝てたんで身体がなまってるんだ。ちょっと散歩したら帰ってくるからさ」

俺はそう言うと、母親が何か言う前に家を出た。


外に出て俺が向かったのは、街の外にある養鶏場《ようけいじょう》だ。『孵化』という名前からして、卵に関係あるスキルだと思ったからだ。

養鶏場や牧場に農場などは街の外にあるので、歩いて行くのに結構時間が掛かる。

丸一週間の間寝たきりだったせいもあり体力が落ちているようで、養鶏場に着くまでに少し息が切れた。

どうにか無事に鶏《にわとり》の卵を手に入れた俺は、人が寄り付かない物置小屋の陰《かげ》に隠《かく》れると、早速《さっそく》スキルを使ってみることにした。

「……緊張《きんちょう》するな」

スキルを得ている場合、使い方は意識するだけで伝わってくるとセリアから聞いている。

俺は卵を両手で握ると意識を強く集中した。

「なん……だ……これ？」

次の瞬間、身体から何かが抜けていく感覚を覚えた。先程歩いていた時とは比較《ひかく》にならない程の疲労《ひろう》が押し寄せ、意識が掻き乱される。

どうにか気力を保ち、スキルを使い続けていると、

「おおっ！　後少しか？」

卵にヒビが入り、欠けた先からクチバシが出てきた。

俺はスキルを使うのを止め観察する。クチバシは引っ込み、卵の周りにヒビが入り始める。

外に出るために必死に卵を割ろうとしているのだろう。十数分間、俺はそんなヒナの頑《がん》

張《ば》りを見守っていると……。

卵が二つに割れ、頭に殻《から》を被《かぶ》ったヒナが誕生した。

『ピヨピヨ』

生まれたばかりのヒナは、殻に視界を塞《ふさ》がれながらもヨタヨタと歩く。その姿は愛嬌《あいきょう》がありいつまでも見ていたくなる。

俺はそんなヒナを見守りながらも、実感が湧《わ》いてきた。

「確かに、このスキルは本物だった」

女神ミューズの言葉には何一つ嘘《うそ》はなく、俺もスキルを使えるようになったのだが……。

身体が限界を迎《むか》え、瞼《まぶた》が重くなってきた。

「ヒヨコ一匹孵《ぴきかえ》すのに……これじゃあ……使え……ない……よ」

そのまま、意識を失ってしまった。


「セリア、怒《おこ》ってるかな？」

家のドアの前に立つと、俺は彼女から説教を受けることが憂鬱《ゆううつ》で溜息を吐いた。

時刻は既《すで》に夜になっている。母親に「少し散歩するだけ」と言って出掛けたのに、こんなに遅《おそ》く戻ったら何を言われるやら……。

あれから、スキルの副作用なのか意識を失い、目が覚めたら日が沈《しず》んでいた。俺が孵化させたヒナもどこかへと消えていた。

俺は疲れた身体を引きずるように帰宅したのだ。

病《や》み上がりでの外出に加えて戻らなかったことで、セリアは確実に気に病んでいるに違《ちが》いない。

俺は、家族の様子を窺《うかが》おうと、そっとドアに耳を近付けるのだが……。

「セリア。本当に、それでいいの？」

「お前だって、王都で学ぶのを楽しみにしていたじゃないか？」

母親と父親の声が聞こえる。

「何度も言わせないでください、私はここに残ると決めたんです」

セリアの言葉を聞き、俺は固まってしまう。

「お前は、亡《な》き妹の忘れ形見だ。俺にはお前が立派な大人になるまで養う義務があるんだ」

「そうよ、セリア。あなたはスキルもあるし優秀《ゆうしゅう》じゃない。一時の迷いで人生を棒に振る必要はないのよ」

「二人とも止めてください！　薬を買うために借金をしたじゃないですか！　王都の学校に入学するには入学金もいります。私は家に負担を掛けたくないんです！」

俺が固まっている間にも言い合いは続く。

その内容は、どうやら俺を治療《ちりょう》する薬を買うために借金をしたというものらしい。

入学金もなくなり、このままでは家が大変なことになると考えたセリアは進学を諦めて働くつもりなのだという。

両親もセリアも俺に気を遣《つか》わせたくなかったのか、俺の前ではそのことを一切《いっさい》表情にも出さなかった。

毎日洗濯《せんたく》をして食事を用意してくれる母親。仕事で疲れていても俺に剣《けん》の振り方《かた》を教えてくれる父親。

いつも傍にいて、文句を言いながらも世話をしてくれる妹。

セリアがどれだけ王都に行きたがっていたのか俺も知っている。

「俺が、何とかしないと……」

普通に働いていたんじゃ間に合わない。俺は……この事態を打開するため、どうすればよいか必死に考え始めた。

2

「ここが……冒険者《ぼうけんしゃ》ギルドか……」

翌日。俺は緊張しながら、冒険者ギルドの扉《とびら》を潜《くぐ》る。

なにせ、冒険者とは荒事《あらごと》に特化した仕事を請《う》け負う人間を指すからだ。

モンスターの討伐や素材の収集など、一般人《いっぱんじん》ではできないことを請け負う代わりに高額の報酬《ほうしゅう》を得ることができる。

困窮《こんきゅう》している家の借金を返済して、セリアを王都に留学させるためにはもはやこの方法しかなかった。

扉を潜ると、何人かがこちらを見てくる。いずれも眼光が鋭《するど》く、街で暮らしている一般人とは気配が違っている。

俺は見られていることに緊張しながら、受付を訪ねた。

「すみません、冒険者登録をしたいんですけど」

「はい……あなたが、ですか？」

「ええ、そうですけど？」

受付の女性は俺の格好を観察する。

「その装備、サイズがあっていないようですけど？」

俺が身に着けている剣と鎧《よろい》は、昔父親が冒険者をしていた時に身に着けていたものだ。

家の納屋《なや》にしまってあったのを引っ張り出してきたのだが、父親は俺より身体が大きいので、若干《じゃっかん》ぶかぶかだったりする。

「これは……親から借りたものなので……」

俺が言い訳をしていると、

「なんでぇ、装備も揃《そろ》えられないルーキーが冒険者登録するのかよ?」

後ろから冒険者に声を掛けられた。

「あまりそのようなこと言うものではありませんよ?」

「おいおい、本当のことを言っただけだろ」

振り向いてみると、父親と同じくらいの歳の男だった。使《つか》い込まれた剣と傷だらけの革鎧を身に着けている。

俺がどう反応していいか悩《なや》んでいると、

「これから説明をするので、他に用件がなければ下がってください」

受付の女性が煙《けむ》たそうにそう注意をする。

「はいはい、それじゃ、ゴブリン討伐にでも行ってくるかね」

そう言って手をひらひらさせると、出て行った。

「それでは、こちらの書類に記入をお願いしますね」

すっと差し出されたのは、冒険者登録をする上で必要な書類だった。

氏名・担当ポジション・技能などを書いていく。

担当ポジションとは、いざパーティーを組むメンバーを探す時に役立つ。お互《たが》いの役割が被らないようにしなければならないので重要だ。

技能に関しては特に書くこともない。魔力が高く使える魔法があればその種類を書けばよいし、剣が得意でスキルを使えるのなら書けばよいのだが、俺にはそのようなスキルはない。

確かに『孵化』というスキルもあるのだが、これは現段階で書いたところで変な目で見られるだけだろう。

なにせ、放っておけば自然に孵化する卵を強制的に孵《かえ》すことができるだけという微妙《びみよう》に使い勝手が悪い能力だからだ。

「書き終わりました」

俺は、サラサラとペンを走らせ書類を埋めると、受付の女性に返す。

「クラウス……さん。担当ポジションは前衛……武器は剣のようですから、剣士《けんし》でしょうか？」

「ええ、そうなります」

一応、子供のころから父親に剣術《けんじゅつ》を習っていたし、筋力・体力・敏捷度は確認したところEだった。

一般人の平均がFなので、俺が冒険者としてやれるとすれば前衛しかない。

「前衛は割と人が余っておりまして……すぐにパーティーを組めるかはわかりませんよ？」

「そうですか、でも、すぐに仕事を請けることはできますよね？」

魔法などが使える人間は希少なので、どうしても前衛で身を立てる人間が多いと聞く。

「ええ、単独での依頼《いらい》もありますが、ゴブリン狩《が》りやハーブの収集という常設依頼のみになってしまいますけど……」

「それでも大丈夫です！」

今はとにかく金が欲《ほ》しい。パーティーを組むまでじっと待っていられないのだ。

「わかりました、それでは説明をさせていただきます――」

俺がそう促すと、受付の女性は冒険者ギルドの説明を始めた。

依頼のランクは全部で八段階ありSが最高でGが最低となっている。この八段階は自分の状態を見る魔法で表示されるランクと統一しているらしく、表示されている文字が冒険者としての適性依頼ランクとなっているらしい。

冒険者ギルドは依頼に応じて難易度をこのランクに振り分けるので、俺たち冒険者は自分の判断で受ける依頼を選ぶことになる。

その基準に照らし合わせると、俺が現時点で受けられる依頼はEランクまでとなる。

一通りの説明を聞き終えると受付の女性が確認してくる。

「何か質問はありますか？」

「この、常設の依頼って討伐や収集の制限はあるんですか？」

「いえ、ゴブリンは間引かないと農場や村に被害《ひがい》を出すモンスターですし、ハーブはポーションの材料になりますので買い取りに制限はありません」

討伐の報酬も収集の報酬もそれぞれ一つあたり銀貨一枚となる。俺が普通に一日働く金額と同じだ。もし大量にこなすことができるのなら、かなりの収入が見込《みこ》めるのではないか？

「ただ、ゴブリンは平原を歩き回っても一日に数匹《すうひき》見つかるかどうかですし、ハーブも数は多くありません。冒険者さんの中には、自生している場所を秘匿《ひとく》していて、それだけで稼《かせ》いでいる人もいますね……」

受付の女性が溜息を吐いた。

「あ、申し訳ありません。ただ、成功を夢見て冒険者になって、夢を諦めきれずズルズルと続けている方もおります。冒険者は一歩間違えれば危険な仕事です。実際に不慮《ふりょ》の事故にあったのか、簡単な依頼を受けて行方不明《ゆくえ》になってしまった人もおります」

先程の溜息は彼女のこれまでの体験を思い出してのものだったらしい。

「クラウスさんも、無茶《むちゃ》だけはしないように気を付けてくださいね？」

彼女は心配そうな目を俺《おれ》に向けるとそう告げる。

短時間で成果を挙げようとする俺の考えを見透《みす》かしているかのようだ。

だけど、その話を聞かされても引くわけにはいかない。

「わかりました、十分に注意していきますよ」

両親とセリアに報《むく》いるため、街を出て森へと向かうのだった。


街を出てから数時間歩き、森へと入る。

途中《とちゅう》、街道《かいどう》から外れ平原を抜けるのだが、期待していたゴブリンとの遭遇《そうぐう》はなかった。

足場が悪くなったので転ばないように気を付けながら森の奥《おく》へと進む。数十分程周囲に気を配り歩いてみるのだが……。

「ハーブが、見当たらない」

森まで数時間、探索《たんさく》に数十分。一向にハーブが見つからず焦《あせ》りを覚えていた。

（確かに、簡単に手に入るようなら報酬がそんな高くなるはずがないか……）

受付の女性も言っていた通り、他の冒険者はハーブが自生している場所を知っていて定期的に収集しにきているという。

目につく場所は当然定期的に見回りをしているだろうし、人が通るような道では望みが薄いだろう。

そうなると、根気よくやるしかない。

森を歩き回り、ハーブを見つけたらその場所をメモしておく。そうすれば時間を置いて定期的に回ることで段々効率よくハーブを収集できるようになる。

「セリアのためにも弱音を吐くつもりはない」

俺の命を救うために高価な薬を与えてくれた両親、借金の返済をするため王都留学を諦めたセリア。俺のせいで家族を不幸にするわけにはいかない。

俺は気合を入れなおすと、ハーブの探索を続けた。

「やっと、発見した……」

あれから、歩き回ること一時間。目の前にようやくハーブが生えているのを見てホッとする。

「これで、今日の労働分は確保した」

一枚でも見つかれば、普通に一日働いたのと同等の稼ぎを確保できる。

街から離れた場所までくる分、労働としてはこちらの方が大変なのだが、こればかりは運なので仕方ない。

俺がハーブを摘《つ》みとろうと手を伸ばすと、

『…………』

「うわっ！」

地面で何かが動いたかと思うと、てのひら程のサイズの芋虫《いもむし》がいて驚《おどろ》いた。

紫色《むらさきいろ》の斑点《はんてん》を持つこの芋虫は【マジックワーム】という、魔力を体内に蓄えるモンスターだ。

それ程強くないのだが、吐き出す糸に魔力が宿るため、ちょっと高級な服の布にも使われているという。

捕獲《ほかく》して育てて糸を取ることも可能らしいのだが、意外と繊細《せんさい》らしく、生活環境《かんきょう》が変わるとストレスですぐに死んでしまうらしい。

そんなマジックワームに対する知識を俺が掘《ほ》り起こしている間にも、マジックワームは食事を続けていた。

のそのそと移動をして、葉っぱを食べている。よく見るとそれはハーブで、食べ終えたマジックワームが次に向かったのは俺が摘もうとしているハーブだった。

「させるかっ！」

ここで食べられてしまうと、今日の稼ぎがなくなってしまう。

俺が剣を振《ふ》ると、手に硬《かた》い感触《かんしょく》を感じマジックワームが吹《ふ》き飛んでいった。

「危なかった……」

マジックワームの主食がハーブというのは初めて知った。

もしかすると、森の中で一向にハーブが見当たらなかったのはコイツのせいではなかろうか？

「げっ……卵を産んでいる……」

麦粒程《むぎつぶほど》の大きさの紫の卵がハーブに付着していた。俺は手で払《はら》うと卵を潰《つぶ》しておく。こいつらが孵ってハーブを食《く》い荒《あ》らすと今後俺が収集する分が減ってしまう。

向こうも生きるために食べているのだろうが、自然の競争は残酷《ざんこく》なのだとわり切り、それ以上考えないようにする。

「とりあえず、今日は何とかなったし帰るとするか……」

俺は溜息を吐くと、家路につくことにした。

「兄さん、お帰りなさい」

冒険者ギルドで換金《かんきん》を終え、養鶏場で卵をもらい、納屋で装備を脱《ぬ》いでから家に戻《もど》った俺に、セリアが駆《か》け寄ってきた。

「うん？　いつもより汗臭《あせくさ》くないですか？」

セリアは鼻を動かすと俺に顔を近付けてきた。

「今日はちょっと張り切って働いたから、先に風呂《ふろ》入ってきていい？」

セリアの指摘《してき》にドキリとすると、俺はその場から離れる言い訳を口にする。

「ええ､兄さんのために魔法でお湯を張っておきました。ゆっくり疲れを癒《いや》してください」

彼女《かのじょ》はニコリと笑うと俺から距離《きより》を取った。

風呂はどこの家庭にでもあるものではない。全身が浸《つ》かれるくらいのお湯を魔導具で出すのは勿体《もったい》ない。

家は、セリアが四属性魔法を習得した時、思い切って風呂場を作ったのだ。布で身体を拭《ふ》くのに比べて、全身が温められるので疲れがほぐれる。

「なんだったら、お背中……流しましょうか？」

セリアは冗談《じょうだん》めかすと流し目を送ってくる。

「いい歳して妹と風呂に入れるわけないだろ。セリアもあまりそういう冗談は言うなよ？」

「はーい」

俺が窘《たしな》めると、彼女は機嫌《きげん》良さそうに部屋へと戻っていく。

俺はセリアが入れてくれた風呂に浸かり、その後両親と妹と晩飯を食べながら談笑《だんしょう》をして部屋に戻った。


「さて、皆《みな》、寝たかな？」

夜中になり、俺はベッドから起き上がると魔導具の明かりをつける。家族に気付かれないように光量を最小限に絞《しぼ》ると、引き出しから鶏の卵を取り出した。

「これを使うと、疲れるのは間違《まちが》いないけど……」

せっかく、女神《めがみ》ミューズから与《あた》えてもらったスキルだ。使わないと勿体ない。

俺は卵に『孵化』のスキルを使用すると急激に疲労が溜まっていくのを感じた。

「はぁはぁ、これでよし……と」

『ピヨピヨ』

黄色の毛玉がこちらを見上げ鳴く。俺は慌ててクチバシを塞ぐのだが、ヒヨコがじたばたと暴れ始めたので手の中にすっぽり収めた。

俺の指に頭を押《お》し付け丸くなり眠るヒヨコ。身体が温かく毛がふわふわしていて和《なご》む。

そんなヒヨコを見ていると、

「兄さん、まだ起きているのですか？」

ドアがノックされ、セリアが声を掛《か》けてきた。

俺は慌ててシーツを引き上げると、

「兄さん？」

ドアが開き、フリルのパジャマ姿のセリアが入ってきた。

「ど、どうかしたか？」

セリアの青い瞳《ひとみ》で見つめられ、落ち着かない気分になる。

「いえ、何やら兄さんの部屋から魔力の波動が伝わってきたので気になったんです」

魔導具に反応したのか、彼女は部屋に入るとキョロキョロと周囲を見回し不思議そうに首を傾げる。鼻をひくひくさせて何かを嗅《か》ぎ取ろうとしているようにも見えた。

「ちょっと目が冴えてしまって、明かりをつけたからだろ。もう少ししたら寝《ね》るから」

「そうですか？　なら、いいんですけど？」

セリアが出ていくと、俺はホッと胸を撫《な》でおろす。シーツからヒヨコが這《は》い出してきて『ピヨ？』と鳴くのだが、布でガードしたお蔭で音は漏れていない。

「とりあえず、朝になったらこいつを鶏小屋《とりごや》に入れてくるか……」

最近は市場で卵を買っているのだが、昔は鶏を飼っていた。

病気で全滅《ぜんめつ》して以来、飼うのを止めていたのだが、このスキルで孵化できるのだから、ふたたび飼い始めても良いかもしれない。

「順調に大きくなってくれれば、卵を買わなくて済むようになるし、家計の足しになるよな」

俺は女神から授《さず》かったスキルの有効な使い道を思いついた。

「とりあえず、今日は疲《つか》れたし……寝るか……」

『ピヨ』

枕元《まくらもと》にヒヨコを移動させ手で撫でると、ヒヨコは返事をするのだった。


翌日から、俺は毎日剣と鎧を身に着け森に向かうようになった。

最初の数日は、一日にハーブが一枚見つかればよく、普通に働くのと変わらない収入しか得られなかったが、一週間が経《た》つころには目に見えて成果が挙がり始めた。

生えていそうな場所がある程度わかるようになり、一日に数枚のハーブを収集できるようになったのだ。

帰宅時には必ず養鶏場で卵をもらい、家に帰ったら寝る前に孵化させる。

これを繰《く》り返すことで、少しずつだが『孵化』のスキルを使うことに慣れてきたのか、疲労も減ってきた。

モンスターと遭遇する危険はあるものの、これまでの仕事と違い高収入を得られるようになってきたので、この調子ならもう少し働けば纏《まと》まった金額を手にすることができる。

そうすれば、両親にその金を見せ、俺が冒険者をやっていることを話し、セリアを王都に留学させるように説得できる。

そんなことを考え、森を歩いていると……。

「おっ、またお前か……」

ハーブを食べているマジックワームを発見する。初日以来の遭遇だ。

あれから、物知りなセリアに夕飯時にそれとなく聞いてみたのだが、どうやらマジックワームはそれ程《ほど》数が増えないモンスターらしい。

動きが鈍《にぶ》く、他のモンスターに食べられたり、卵にも魔力があったりするので、昆虫《こんちゅう》など小さな動物の栄養源にされてしまい繁殖《はんしょく》し辛《づら》いのだとか。

そう考えると、なんだか可哀想《かわいそう》な気がしてきた。俺はマジックワームが食べる前のハーブをさっさと摘みとった。

マジックワームは餌《えさ》がなくなったからか、今あるハーブを食べ終えると、のそのそと草木の陰に消えていく。

「おっ、また卵を産んでるな」

マジックワームがいた場所には紫の小粒《こつぶ》が数十粒程転がっていた。

今回は潰す必要はない。

マジックワームが一生懸命《いっしょうけんめい》産んだのだろうが、放っておけば蟻《あり》やらなんやらが運んで行って食べてしまうからだ。

「まてよ？」

そこでふと思いつく。

これを孵化させたらどうなるのだろうか？

おそらく、スキルが『孵化』となっている以上、これも対象ではないか？

セリアから聞いた話では、マジックワームは生活環境が変わることにストレスを感じて弱るらしいが、マジックワームの卵を孵化させて飼育したという話もあった。

これを孵化させることができたら、一儲《ひともう》けできるのではないか？

「とりあえず持って帰るか」

俺は紫色の卵を麻袋《あさぶくろ》にいれ、潰さないように慎重《しんちょう》にしまうと帰宅した。

「さて、今日もやるかな……」

夜中になると、俺は活動を始める。今日『孵化』のスキルを使うのはマジックワームの卵だ。

この一週間『孵化』のスキルを使い続けた結果、それ程疲《ほどつか》れなくなってきた。

最初こそ、卵一個で疲労困憊《ひろうこんぱい》していたのだが、今なら二個か三個は孵化させられるだろう。

そんなわけで、少しずつ能力が成長している感覚があったので、今日は新しい実験をしてみようと思う。

俺はマジックワームの卵を一個取り出すと、早速『孵化』のスキルを使ってみる。

「くっ、久しぶりに感じるきつさだ……」

小さいので孵化させるのも楽かと考えていたが、そんなことはない。鶏卵《けいらん》など比較にならない程力が吸われているのを感じる。

それでも、感覚的に段々孵化が近付いているのがわかる。

卵が膨張《ぼうちょう》し、いよいよマジックワームが殻を破って出てきた。

『………』

生まれたばかりのマジックワームは、まあ普通に小さいマジックワームだった。

卵から這い出し動き回るとハーブを発見し食べ始める。孵化に成功したら必要になるかと思い、売らずに取っておいたものだ。

「にしても疲れた……」

まさか、卵一個でここまで疲労するとは思わなかった。

「ひとまず、こいつもしばらく育てて様子をみるとするか」

眠気《ねむけ》が限界になったので、俺はマジックワームをカゴに入れると休むのだった。

3

「最近、兄さんが臭います」

「えっ？」

いつものように朝食を摂《と》っていると、セリアが鼻を近付けて俺の身体を嗅ぎ回った。

「毎日、風呂に浸かっているけど、洗い足りないのか？」

自分でも嗅いでみるのだが、特に気にならない。

もしかすると、気付かぬうちにセリアの不興を買ったのではと不安になるのだが、俺の表情を見て、彼女はパタパタと手を横に振った。

「いえ、普通の人にはわからない臭いだと思うのですが、魔力を使った後に漂《ただよ》うような臭いが兄さんからするのです。しかも、段々濃《こ》くなってきています」

心当たりは一つしかない。おそらくマジックワームのことだろう。

マジックワームは魔力を溜《た》めこむ。俺にはわからないが魔導に才能があるセリアだからこそ気付いたのだろう。

彼女は鼻を動かし臭いの元を探《さぐ》っている。このまま仕事に行けば部屋の中を調べ始めるかもしれない。

「そ、そうだ……。今日は急ぎの仕事があったんだ。俺はもう出掛けるから」

「あっ、兄さん！」

俺は慌《あわ》てて部屋に入り、マジックワームを回収。即座《そくざ》に家を出た。


「まさか、セリアにバレるとは……」

てのひらの上でハーブを食べて寛《くつろ》いでいるマジックワームを見る。こうして餌を食べている姿は愛らしいと言えなくもないが、俺が孵して懐《なつ》いているという贔屓目《ひいきめ》かもしれない。

いずれにしても、このまま家に置いておくわけにはいかない。何せ、セリアはこの手の生き物が苦手なのだ。

彼女が小さいころ、公園で遊んでいた際にいつの間にか肩《かた》に引っ付いていた芋虫をみて大泣きしてから、トラウマになっている。

「まだ生まれたばかりだし、野生に返すかな？」

俺がポツリと呟《つぶや》くと、マジックワームの頭が動き俺の方を向く。まるで言葉を理解しているかのようだ……。

何気なく見ていると、段々可愛《かわい》く見えてきた。俺は思わず浮《う》かんだ名前を呼ぶ。

「今日からお前は『パープル』だ」

次の瞬間《しゅんかん》、

《『パープル』と従魔契約《じゅうまけいやく》が結ばれました。【魔力《まりょく》増加（小）】を獲得《かくとく》しました》

「い、今の声は……」

突然《とつぜん》、頭の中に声が響《ひび》き耳を押さえる。たった今聞こえた声は女神ミューズと似ていたような気がする。

「従魔契約？　【魔力増加（小）】？　なんなんだ？　一体？」

今までおこらなかった事態に俺は混乱すると、目の前のマジックワーム——パープルを見るのだった。

いつものように森の中を歩く。

葉をかき分け、周囲を見回し、ハーブが生えていないか探索を続ける。

森に入るようになってから数週間が経ち、探索にも随分《ずいぶん》と慣れた。

そんな中、肩に違和感《いわかん》を覚えると、意識がついついそちらに向かってしまう。

『………』

俺が視線を向けると、その生物も首をこちらへと向ける。

俺の肩には紫色の身体を持つマジックワーム——パープルが乗っていたからだ。

ある程度森の奥に入ったら解放しようと考えているのだが、パープルはそれがわかるのか俺から離《はな》れるのを嫌《いや》がり、腕《うで》を伝ってよじ登ってきてとうとう肩におさまってしまった。

先程《さきほど》聞こえた女神に似た声の『従魔契約』という言葉が頭をよぎる。

そのまま意味を汲《く》み取ると、俺はパープルを従魔にしたということになる。

ヒヨコの時にはこのような現象が起きなかったことから、何かしら条件があると思われる。

可能性として考えられるのは、モンスターであること、後は名前を付ける。もしくはその両方といったところだろう。

いずれにせよ、現状でどれが正解か判断がつかないし、パープルは肩にどっしりとしがみ付いて離れないので放置するしかない。

そんなわけで、奇妙《きみよう》な同行者が増えても俺がやることは変わらない。セリアが王都に留学できるよう、今日もハーブを探さなければならず……。


――サワサワ――


「ん?」

パープルの口から糸が出て俺の頬《ほお》を撫でる。

「何をする、くすぐったいだろ?」

パープルは首を振ると糸を伸《の》ばした。

言葉こそ発していないものの、従魔契約をしているからだろうか? おぼろげに意思が伝わってくる。どうやら、そちらの方向に何かがあると言っているらしい。

「うーん、ちょっと足場が悪いけど……」

慎重に歩けば大丈夫《だいじようぶ》と判断し、普段《ふだん》は分け入って行かない方向に足を進めた。

いつもより苦労をしながらも数分程進むと、

「えっ？」

そこには十枚近いハーブが生っていた。

「こんなにたくさん生えているのなんて初めて見たぞ⁉」

これまでは歩きやすい範囲《はんい》でしかハーブを探していなかったが、少し森に深く入っただけでこんなにあっさりと見つかるとは……。

「この場所はメモしておいた方がよさそうだ」

ハーブの群生地には時間を置けばまたハーブが生える可能性が高い。冒険者ギルドの受付の女性も言っていた。

俺は喜んでハーブを摘みとる。この群生地だけで数日分の稼ぎを確保できたからだ。

「よし、摘み残《のこ》しはないな？」

ハーブの収集を終えると周囲を確認《かくにん》する。そこでふと、肩に乗っているパープルの存在を思い出した。

「マジックワームの好物はハーブで、パープルが示した方向にハーブが生っていた……もしかして？」

たった一回だけで結論付けるわけにはいかない。だが、まったくの偶然《ぐうぜん》と片付けるには

都合が良すぎる。

「お前、もう一度同じことできるか？」

俺はパープルをじっと見ると、糸を操《あやつ》り別な方向に首を動かした。

「……あっちか、相変わらず歩き辛そうな場所だけど、その分人が入ってない可能性は高いか？」

俺はパープルを信じると、期待に胸を高鳴らせ森の奥へと進んだ。

「今日はちょっと、多めにハーブを納めたいんですけど大丈夫でしょうか？」

冒険者ギルドに戻り、いつも買い取りをしてくれる受付の女性に声を掛ける。

「はい、大丈夫ですよ。ポーションが足りないので、ハーブの在庫はありませんから」

受付の女性の了承《りょうしょう》を得ると、俺は鞄《かばん》にしまっておいたハーブを取り出した。

受付の女性は俺がカウンターに並べたハーブを見ると唖然《あぜん》とした表情を浮かべる。

「しょ、少々お待ちください。今、数えますから」

慌ててハーブの枚数を数えていく。

「全部で……五十三枚です。間違いありませんか？」

彼女は数え間違いがないか、俺に確認してきた。

「ええ、あってますよ」

「えっと、それではこちらが報酬になります」

彼女はそう言うと、トレイに報酬が入った袋《ふくろ》を載《の》せた。

普段より重い。俺は思わぬ大金に手が震《ふる》えそうになるのだが、それを極力周囲に見せないようにしながら懐《ふところ》にしまい込《こ》んだ。

「それにしても……クラウスさん、まだ冒険者になって日が浅いのに凄《すご》いですね？」

受付の女性が話《はな》し掛けてきた。その表情は驚きに満ちていた。

「たまたま、群生地を発見しただけです」

「なるほど……。ハーブはよほど目端《めはし》の利《き》く者でなければなかなか見つからないものなんです。もしかすると、クラウスさんはスカウトの才能もあるかもしれませんね？」

実際のところ、その才能があるのは俺ではなくパープルだ。

パープルが次々にハーブの群生地を発見するので、これだけの量のハーブを、短時間で収集することができたのだ。

パープルは今、袋の中で眠《ねむ》っている。収集したハーブをたらふく食べたからか眠気が押し寄せたようだ。

「いや、俺なんてまだ冒険者のこともよくわかってないですし、そんな……」

俺は軽く笑って誤魔化《ごまか》し手を振っていると、

「ポーションが行き渡《わた》ればそれだけ助かる人が増えます。本当にありがとうございます」

受付の女性は俺の両手を握《にぎ》るとそう言って笑いかけてきた。


パープルと従魔契約を結んでから数日後、俺は家族に「話したいことがある」と言ってリビングに集まってもらった。

「話というのは何だ？」

「最近、朝から晩まで働いていてほとんど会話もしなかったのにめずらしいわね」

父親と母親が不思議そうな目を俺に向けてくる。

「兄さん何か大事な話なのでしょうか？」

セリアは眉根《まゆね》を寄せ、胸元《むなもと》に手を当て不安そうな表情を浮かべていた。まるで何かを予感しているかのような様子に、俺は覚悟《かくご》を決めると告げる。

「実は俺、今、冒険者《ぼうけんしゃ》をやっているんだ」

俺の告白に三人の顔色が変わる。

「や、やっぱり！　そうだったんですね！」

「知っていたのか？」

セリアの言葉に驚く。まさか気付かれているとは思っていなかったからだ。

「最近、兄さんの様子が変だったから、コッソリ様子を探っていたんです。そうしたら、お父さんの冒険者時代の武具を身に着けて出て行くのが見えて……」

セリアは瞳を潤《うる》ませ俺を見上げてきた。

「お前……そんなことをしていたのか？」

「身体は、大丈夫なの？」

セリアの言葉に、両親も心配そうな顔をする。

「そもそも、俺が冒険者を引退したのは、冒険者時代に怪我《けが》を負ったからだ。確かに稼げる仕事ではあるが、いずれ自分の限界がくる。長く続けるような仕事ではないからな」

冒険者ギルドで見かけた父親と同じくらいの歳《とし》の冒険者を思い出す。彼《かれ》は今更冒険者《いまさらぼうけんしゃ》を辞《や》めることもできず、ハーブ収集やゴブリン討伐《とうばつ》をして生計を立てていた。

いずれ体力の限界が来た時にどうするのか、父親はそれを心配しているのだろう。

「そうよ、大体あなた、これまで冒険者になりたいなんて一度も言い出さなかったじゃない」

母親の言葉に頷《うなず》く。俺だって、冒険者になるつもりはなかった。このまま平凡《へいぼん》な仕事をこなして、街で一生を終える。そんな未来を想像していた。

「この家に借金があることを知っている。そして、そのせいでセリアが王都への留学を諦《あきら》めたことも」

だが、俺の治療《ちりょう》のために家は借金を背負い、セリアは夢を諦めようとしている。

そんな状況《じょうきょう》で、何も知らないふりをして元の生活に戻ることなんてできやしなかった。

「お前……気付いていたのか？」

俺に気を遣《つか》わせないため、このことは三人だけの秘密にするつもりだったのだろう。

困惑《こんわく》する三人をよそに、俺は懐からお金が入った革袋《かわぶくろ》を取り出した。

「ここに、俺が冒険者稼業《かぎょう》で稼いだ金がある」

紐《ひも》を緩《ゆる》め、中身をテーブルへと広げる。毎日ハーブを収集して得た、俺の努力の結晶《けっしょう》だ。

「この金で、セリアを王都に留学させて欲しい」

「兄さん！」

俺が両親に願いを告げると、セリアが叫《さけ》ぶ。

「皆が、俺を蘇生《そせい》させるために薬を買って借金をしたことは知っている」

俺は彼女が何か言う前に手で制すると言葉を続ける。

「だけど、俺だって皆に不幸になって欲しくない！　この金でやり直して欲しいんだ」

幼いころから剣《けん》を教えてくれた父親、毎日料理を作り優《やさ》しくしてくれた母親。時には年下とは思えないしっかりした様子で俺を窘めてくれたセリア。

俺は全員が幸せに暮らせるようにしたい。

「確かに、これだけあればセリアの入学金は何とかなる」

父親はそう言うと俺に強い視線をぶつけてきた。

「だが、この先もこれだけ稼げる保証はない。何より、冒険者は危険だ。それが解《わか》っているのか？」

「そうですよ。せっかく助かった命だというのに、あなたが冒険者をしている間、私たちはどんな思いでいると思うの？」

「私、兄さんが私を庇《かば》って雷《かみなり》に打たれて、ぐったりしていて……身体が熱くなって……。二度と目を覚まさないんじゃないかと考えたら、凄く……凄く怖《こわ》かったんです。もう、あんな思いしたくありません！」

皆が心配して、皆が冒険者を辞めろと言う。確かに、俺が冒険者を辞めて普通《ふつう》に働けば誰《だれ》も傷つくことなく、この先も家族四人でやっていけるかもしれない。だが……。

「俺も、こんなことがあるまでは冒険者になろうと思ってなかった。けどさ、今、冒険者をしているのが楽しいんだ。最初はセリアの留学費用や借金を返済するために始めたけど、俺が納品するハーブで誰かの命が救われている。そう考えると、やりがいがある仕事なんじゃないかと思ったりするんだよ」

冒険者ギルドで、受付の女性から感謝の言葉をもらうこともある。街の治療院《ちりょういん》でポーションで怪我を治している子どもの姿を見たこともある。

自分が収集したハーブで誰かの笑顔《えがお》を見られるのなら、こんな嬉《うれ》しいことはない。たとえ止められても、この気持ちを消すことはできないだろう。

父親と俺はじっと目を合わせる。彼が何を思って冒険者をしていたのか知ることはできないが、父親だけは俺の気持ちを理解してくれるはずだから。

「セリアの王都留学は認める。元々、行かせるつもりで、俺も仕事を増やしていたわけだしな」

「そ……そうなのか？」

「当たり前だ。俺を見くびるなよ？　大事な妹の忘れ形見、それを不幸にして何が親なもんか！　たとえ過労でぶっ倒《たお》れようとも、こいつが嫁《よめ》に行くまでは面倒《めんどう》見るつもりだ！」

父親ははっきりそう告げると「フン」と鼻息を出しそっぽを向いた。こっそり動いていたのは何も俺だけではないらしい。

「本当に、あなたもクラウスも……相談もなしに勝手なことをするあたりそっくりね」

母親は呆《あき》れた表情で俺たち親子を見た。

「えっと、私が王都に……行けるのですか？」

話の展開についていけなかったのか、セリアがポツリと言葉を漏《も》らした。

俺と父親は彼女を見て頷く。

「ありがとう……ございます」

口元を押さえ、涙《なみだ》を流すセリア。彼女は昔から王都に憧《あこが》れていて、いつか学校で本格的に魔《ま》法《ほう》を学びたいと漏らしていた。

諦めていたとはいえ、それが叶《かな》うのが嬉しかったのだろう。

「良かったな、セリア」

「はい、兄さんのお蔭《かげ》です」

セリアは俺に抱《だ》き着くと胸に顔を埋《うず》める。俺はそんな彼女の頭を撫で慰《なぐさ》めた。

「あー、それでだな、クラウス。お前の件なんだが……」

父親は頭を掻《か》くと複雑な表情を浮かべる。いつも即《そく》決断をしているだけに珍《めずら》しい。

母親も、父親が何を言い出すのかが気になり注目していた。

「セリアの留学に合わせて、お前も王都に行け」

「えっ？　俺《おれ》も王都に⁉」

完全に予想外の言葉に驚く。セリアが顔を上げ期待の混ざった瞳を俺に向けてくる。

「俺が教えたからお前は剣の腕前《うでまえ》ならそこそこいいレベルに仕上がっている。そこらの低ランクモンスターなら大丈夫なはずだ」

父親の言葉は事実で、ハーブ収集の際、襲《おそ》ってくるゴブリンと数度戦ったが、問題なく倒すことができた。

「だけど、ただの冒険者ではいずれ限界がくるし、何より先の保障がねえ」

冒険者稼業は仕事があればよい方だが、時期によってはまったく仕事がないこともある。特に辺境ではその差が激しいと言われている。

「一年間猶予《ゆうよ》をやる。王都に行って『国家冒険者』の資格を得ること、それができれば冒険者を続けることを認める。できなければ家に戻れ」

それが、父親にできる最大の譲歩《じょうほ》なのだろう。考えてみれば父親も母親も一度俺《おれ》が死に掛けた姿を見ている。本来なら冒険者になることを認めたくもないはずなんだ。

「わかった、その条件でやってみるよ」

数多くいる冒険者の中でもほんの一握《ひとにぎ》りしか成ることができない『国家冒険者』。それに到達《とうたつ》してみせることを俺はこの場で誓《ちか》うのだった。

第二話

4

家族会議から約一ヶ月が経過した。

その間、俺とセリアは王都に行くための準備を整えていた。

セリアは王都の学校で生活するための荷造りや、バイトの引《ひ》き継《つ》ぎに勉強など。

俺は冒険者ギルドを訪ね、受付の女性に『国家冒険者』の資格を取るため王都に行くことを告げた。

最初は驚《おどろ》いていた彼女も最後には応援《おうえん》してくれて、王都の冒険者ギルドで気をつけなければいけない点について注意してくれた。

俺は出発の日までひたすら森に入ってはハーブを収集し、帰宅してからは父親に剣術《けんじゅつ》を見てもらうという、忙《いそが》しい日々を送っていた。

途中《とちゅう》、マジックワームを従魔にしたようにヒヨコも従魔にできるのではないかと実験を行い名前を付けたが、あの女神ミューズに似た声は聞こえてこなかった。

どうやら従魔にできるのはモンスター限定らしい。

そんなわけで、時間はあっという間に流れ、いよいよ出発となったのだが……。

「いいか、王都にいる間はクラウス、お前が保護者代理だ。セリアのことをしっかり見てやるんだぞ」

「ああ、わかってるよ、父さん」

父親は真剣《しんけん》な目を俺に向けてくる。

今日まで俺を鍛《きた》えてくれたのは、冒険者になることを応援してくれているだけではなく、王都についたら妹を護《まも》れというメッセージなのだと受け取る。

それを裏付けるように、彼は俺の全身を見て眩《まぶ》しそうに目を細めた。

「その鎧《よろい》の着《き》心地《ごこち》はどうだ？」

「うん、サイズもあってるし、今までより全然動きやすいよ」

出発前日、父親は俺に新品の鎧を贈《おく》ってくれた。彼がセリアを王都に留学させるために稼《かせ》いだ金で買ったのだ。

「正直、お前が進む道が間違っているとは思わない。だが、憧れだけで続けられる仕事ではないぞ」

父親は肩に手を置き忠告した。

「ああ、だけど、冒険者にはそれ以上に報《むく》われる瞬間がある。だろ？」

自分が受けた依頼《いらい》で誰かが笑顔になった時の嬉しさは、父親も知っているはず。

父親は離れた場所で話をするセリアと母親を見た。彼女《かのじょ》たちの笑顔こそが父親の生きる理由なのだろう。

「そろそろ馬車が出発します」

王都へと俺たちを送り届けてくれる定期馬車が出発する。万が一が起こらぬよう、大勢の護衛がいるのでその分料金も高いのだが、両親が少し無理をして俺たち二人分の馬車代を出してくれた。

「それでは、兄さん。行きましょう」

セリアはそう言うと俺の手を握り馬車へと向かう。

小さいころからの癖《くせ》で、彼女は緊張《きんちょう》している時には俺の手を握ってくる。

表面上取《と》り繕《つくろ》うことができるようになっていても、まだまだ年相応の姿を見せる可愛い妹だ。

「な、何ですか？」

俺が見ていたことに気付くと、セリアはムッとした表情を浮かべる。

「別に何でもないぞ」

俺は笑顔で答えると馬車に乗り込み窓から顔を出した。

「それじゃあ、二人とも行ってくるよ」

「頑張《がんば》ってきます」

両親に見送られながら、俺とセリアは王都まで二週間の旅に出るのだった。


馬車の揺《ゆ》れに身を任せ窓の外を見る。

隣《となり》ではセリアが何やら難しそうな魔導書を読んでいるのだが、あまりにも集中しているので声を掛けるのは遠慮《えんりよ》しておいた。

この定期馬車は、王都から各街を行き来しており、御者《ぎよしや》も護衛もベテランが多いので、安心して過ごすことができる。

俺はセリアがこちらを見ていないことを確認すると、手提《てさ》げ鞄に手を入れた。

何かが指先に触《ふ》れ、甘《あま》えるように身体をこすりつけてきた。

現在、俺の手にすり寄っているのはパープルだ。

王都に一年滞在《たいざい》するとなると、流石《さすが》に放って行くわけにもいかない。

これまで、ハーブ収集で助けてもらったし、愛着も湧《わ》いているので連れてきた。

本当なら外に出してやりたいのだが、セリアは昆虫が苦手なので今は鞄の中で我慢《がまん》をしてもらっている。

もっとも、マジックワームはそれ程動き回るタイプのモンスターではないので、不満がないのかハーブを食べては丸くなり眠っている様子だ。

そんなわけで、パープルを撫でながら俺が暇《ひま》を潰《つぶ》していると……。

「すぅ……」

セリアがもたれかかり頭を肩に乗せてきた。横を見ると彼女は目を閉じ眠っている。

気候が穏《おだ》やかで道も舗装《ほそう》されている。馬車の揺れに身を委ねているうちに眠くなったのだろう。

俺はセリアが風邪《かぜ》を引かないように本を閉じ毛布を掛《か》けてやった。

「うーん、兄さん……」

彼女の幸せそうな寝顔《ねがお》を見ているとこちらまで眠くなってくる。

しばらくの間、まどろみに身を委ねていると馬車が止まった。

「ふぇ？　あっ、すみません兄さん。寝てしまっていたようです」

セリアは目を開き、顔を赤くして俺から離れた。

「何かあったようだな？」

前方が騒《さわ》がしく、叫び声が聞こえる。トラブルが起きたのは間違《まちが》いない。

「ちょっと、行ってきてもいいか？」

セリアに確認すると、彼女は頷いた。

「いいですけど……。気を付けてくださいね？」

セリアは不安そうに眉根を寄せる。

馬車に乗る前に「もし戦闘《せんとう》などがある場合、経験を積むため参加させてもらう」と話をしてあったのだが、俺に危険な目にあってほしくないらしく、あまり納得《なっとく》していない様子だ。

「セリアは何があってもでてこないようにな」

少なくとも馬車の中の方が安全なのは間違いない。

俺は彼女に忠告すると、馬車から降り前方へと走った。


「モンスターですか？」

「ああ、君は……」

最前列に駆《か》け付けると、そこには数メートルを超《こ》す巨大《きょだい》な人型モンスター【トロル】が三匹《びき》、街道《かいどう》を塞《ふさ》ぐように立っていた。

「本当に、参加するつもりなのか？」

護衛の冒険者は驚くと俺に確認してくる。

「勿論《もちろん》ですよ」

事前に話しておいたのだ。自分が『国家冒険者』を目指していることと、今回の移動中に戦闘経験を積みたいということを。

冒険者稼業はどうしたってモンスターとの戦闘は避《さ》けられないのだが、初心者の間は思わぬモンスターとの遭遇《そうぐう》で命を落とすこともある。

「指示に従いますのでお願いします」

ベテランの中に混ぜてもらうことで、リスクを減らして経験を積むことができるのが今回参加する大きなメリットだ。

「わかった。だが、無茶《むちゃ》はするな」

既《すで》に護衛の冒険者が前に出てトロルと戦闘を開始している。連携《れんけい》がとれており、馬車に近付けさせないように立ち回っているのがわかった。

「よし、クラウス君。君は俺と一緒《いっしょ》にこい。俺がトロルの右腕《みぎうで》側に立つ。君は左腕《ひだりうで》側に立ってやつの気を逸《そ》らせ。棍棒《こんぼう》だけはくらわないように気を付けろ」

「わかりました！」

俺と護衛の冒険者が左右に展開する。

トロルは一瞬《いっしゅん》、両方に視線を彷徨《さまよ》わせ、どちらをターゲットにするか悩《なや》むのだが、

「こっちだ！　かかってこい！」

護衛の冒険者が挑発《ちょうはつ》するとそちらに身体を向け、俺から注意を逸らした。

俺は慎重にトロルの死角を取ろうと動くのだが、向こうもそうはさせまいと顔を動かし位置を把握《はあく》してくる。

これまで討伐してきたゴブリンなんて比較《ひかく》にならない圧を感じる。

迂闊《うかつ》に飛び込み棍棒の一撃《いちげき》を受けたら致命傷《ちめいしょう》は間違いないだろう。

それがあるからこそ、護衛の冒険者は俺をトロルの利き手《て》ではない方に向かわせたのだ。

「はっ！　こっちだ！」

護衛の冒険者が剣を振《ふ》りトロルの身体を浅く傷を付けると、注意を自分の方へと引き付ける。

数の有利を活《い》かし、致命的《ちめいてき》な一撃を受けない距離《きょり》を維持《いじ》して戦っている。

この状況で俺ができることといえば……。

護衛の冒険者と挟《はさ》み込むような位置になったところでトロルの視線が完全に俺から逸れる。

「今だっ！」

視線が外れた瞬間を見逃《みのが》さず、俺は背後からトロルに攻撃《こうげき》を仕掛《しか》けた。

『グオオオッ!?』

分厚い筋肉を纏《まと》った身体ではなく右足の腱《けん》を斬《き》る。

突然、足に力が入らなくなったトロルは身体を支えることができずその場に倒れた。

「よくやった！　筋がいいぞ！」

戦いながら俺が斬り込みやすくしてくれた護衛の冒険者が褒《ほ》めてくれた。

トロルを斬った時の感触《かんしょく》でわかった。父親に鍛えてもらったお蔭で剣術の腕が格段に上がっていることに。

護衛の冒険者は間髪《かんはつ》いれずにトロルの右腕を斬りつけ、棍棒を落とさせる。

その間に、他の冒険者がトロルの討伐を終えて集まってきた。

「ここまでくれば出番はないか？」

剣を持つ手が震えている。こちらの圧勝には終わったが、強いモンスターと対峙《たいじ》した時の緊張が収まらない。

「あれを、一人で倒せるようになるにはどれだけ修業《しゅぎょう》が必要なんだろうな？」

俺は目の前で戦う人たちの動きから少しでも何かを学ぼうと、必死に目を凝《こ》らすのだった。

5

「もし、国家試験に落ちたら是非《ぜひ》うちに来てくれ」

王都に到着《とうちゃく》し、護衛のリーダーと握手《あくしゅ》をする。

「あははは、考えさせてもらいます」

トロル襲撃《しゅうげき》の後、何度もモンスターの討伐に参加させてもらったのだが、気に入られたのか、旅の合間に指導をしてくれるようになった。

おそらく、社交辞令だとは思う。前線に立ち活躍《かつやく》をしたわけではない。あくまで指示通りに動きサポートをしただけなのだから……。

俺がそのことを告げると、

「ったく。その指示通りに動けないやつの方がほとんどだってのに……お前は本当にわかってるのか？」

護衛のリーダーは呆れたような溜息《ためいき》を吐《つ》く。

「兄さん、学校までの馬車が出てしまいます。行きましょう」

セリアが服を引っ張る。次の馬車の出発時刻が迫《せま》っているらしい。

「それじゃ、御世話《おせわ》になりました」

俺は護衛リーダーの人に改めて御礼を言うと、セリアが通う学校に着く馬車乗り場へと向かった。


王都の中心付近にある、セリアが通う学校へと向かう俺たち。二人馬車に揺られながら外の景色を楽しんだ。

学校までは王都の馬車乗り場から三十分程《ほど》で到着した。

校門の前の詰《つ》め所《しょ》でセリアの名前と、保護者代理として自分の名前を告げると、程なく教員が現れ、俺たちに校舎内を案内してくれた。

ここは、王都でも優秀《ゆうしゅう》な人間しか在学することができない学校らしく、設備も充実《じゅうじつ》している。

これからセリアが魔導を学ぶ場として申し分ない。

「――以上が、学校の施設《しせつ》案内になります。問題がなければこちらの書類に生徒と保護者の方のサインをお願いします」

学校内の施設を案内してもらい、応接室で入学時に書く書類を見せられる。

校則や学業や行事、在学時に起こる危険事項《じこう》などについて明記されている。

違反者《いはんしゃ》の退学、指示に従わない場合の怪我・命を失った場合の責任を負わないなど、至《し》極《ごく》まともなものなので問題ないと考える。

「セリア、大丈夫だよな？」

「ええ、兄さん。問題ありません」

彼女の意思を確認して書類にサインをすると、セリアも同じくペンを走らせた。

「おめでとうございます。これでセリアさんは当校の生徒となりました」

「ありがとうございます」

教員から歓迎《かんげい》の言葉を聞き、ホッと息を吐く。実際に入学できるまで不安で仕方なかったのだろう。

その後、案内してくれた教員とセリアは穏やかに会話を続けるのだった。

セリアを寮《りょう》の前まで送り、立ち話をする。この先は女子寮《じょしりょう》で立ち入り不可となっているので、ここでお別れだ。

「兄さんは、この後、冒険者ギルドに行くのですよね？」

「ああ、一年という期限付きだからな」

冒険者ギルドの受付の女性に聞いたところ、国家冒険者の資格試験は年に四回。三ヶ月ごとにある。

全部で四回もあると考えがちだが、資格試験を受けるためにはいくつか達成しなければならない条件があるのだ。

到着したばかりだからと気を緩めていては、絶対に達成できない目標なので、自分のことに専念するつもりだ。

「そっちも、しっかりと学ぶんだぞ」

せっかくお互《たが》いに王都にいるのだから、励《はげ》みにしながら頑張ろう。そんな思いを含《ふく》め、セリアに伝えるのだが……。

「それは勿論ですけど、せっかくお互い王都にいるのですから、週に一回はお会いしたいです」

セリアは寂《さび》しそうに、甘えるような仕草で手を伸ばしてくる。

里離《さとばな》れしても兄離れはまだのようだ。しっかりしている妹だが、王都で一人になるのが不安なのだろう。両親はそんなセリアの心の弱さを見抜《みぬ》き、一年だけ俺が王都に留《とど》まる口実を作ったのかもしれない。

「まあ……絶対ではないが、辛《つら》そうな時は呼んでくれ。駆け付けるから」

妹が都会の荒波《あらなみ》に揉《も》まれて擦《す》り切れてしまわないように、俺は安心させようと言葉を掛ける。

「はい、その時はすぐに兄さんに言います」

セリアはそう返事をすると俺に笑い掛けるのだった。


セリアと別れた後、俺は王都の大通りを歩いていた。

ここ王都ベラドーナは住む場所に番号を振り区画分けをしているのだが、セリアが通う学校から冒険者ギルドがある場所までは二つの区画を挟んでいる。

冒険者ギルドの場所を教えてくれた教師から「結構な距離があるので馬車乗り場まで案内しますよ」と親切な言葉をいただいたのだが、これから住む王都を見ておきたいと思ったので、徒歩で向かうことにした。

流石は王都ということもあり、地面が舗装されていて歩きやすい。建物も隙間《すきま》なく並んでおり、様々な店があり興味を惹《ひ》かれる。細い路地を通った先には別な大通りがあるのだが、そちらも人で溢《あふ》れている。

地方から出てきた俺は、その凄さに圧倒《あっとう》されていた。

「あれ？　どっちだ？」

しばらくして、自分が方角を見失っていることに気付く。

気になる店を覗《のぞ》き、細い路地を通っているうちに現在地がわからなくなってしまった。

王都の建物はどれも似たような造りとなっており、同じ商品を取り扱《あつか》っている店がところどころにあるので目印にならない。

どうにか元の道に戻《もど》れないかと考え、焦《あせ》りながら周囲を見回していると声を掛けられた。

「ねぇ、どうかしたの？」

声を掛けてきたのは赤髪《あかがみ》に赤い瞳《ひとみ》をした獣人《じゅうじん》の少女だ。セリアより背が低く見上げるように俺を見ている。

「何か困っているようだけど、大丈夫《だいじょうぶ》？」

彼女はクリっとした瞳を俺に向けると首を傾《かし》げ聞いてくる。

王都には詐欺師《さぎし》も多い。両親から「怪《あや》しい人物にはついて行かないように」と、口を酸《す》っぱくして言われてはいたが、まさか彼女がそうだというのか？

一瞬、言い淀《よど》む俺だったがそもそも道に迷った事実は変わらない。誰かに声を掛けるのなら、彼女に聞くのもありなのではないだろうか？

「えっと……実は道がわからなくて……」

「ほぅ、迷子！」

彼女のストレートな言葉に恥《は》ずかしくなるのだが言葉を続ける。

「冒険者ギルドの場所わかる？」


「なるほど、キャロルっていうんだ？」

道を歩きながら自己紹介《しょうかい》を行う。道がわからなくなった俺だったが、キャロルの目的地も冒険者ギルドだったので、これ幸いと一緒に向かうことにした。

小柄《こがら》な身体で前を歩くキャロル。俺の視界には彼女の頭部が映る。ケモミミをパタパタ動かしている様子はとても可愛《かわい》らしく、なごんでしまった。

途中、明らかに彼女を見ている人たちがいて、熱い眼差《まなざ》しを送っている。ヒソヒソと話しているようなのだが、当の本人は気にしていない模様だ。

しばらくの間ついていくと、突然《とつぜん》キャロルが立ち止まる。彼女の視線はとある屋台にある串焼《くしや》きに釘付《くぎづ》けとなっており、鼻をひくつかせていた。

「良かったら奢《おご》ろうか？」

じっと屋台の肉を見ているので、食べたいのだと判断する。

「いいのっ⁉」

俺がそう提案すると、彼女は口元を緩め、目を輝《かがや》かせて俺を見た。

「冒険者ギルドに案内してくれる御礼だよ」

俺は屋台の店主に串焼きを二本注文すると、受け取った片方をキャロルに渡した。

「んぐんぐ、美味《おい》しい」

「確かに、噛《か》めば肉汁《にくじゅう》が溢れるしソースも絶品だ」

王都での初めての食事を堪能《たんのう》する。人が多いだけあってか、様々な珍しい料理などもありその味わいに満足した。

今は無理だが、落ち着いたらセリアと一緒に回ってみるのもありかもしれない。

そんなことを考えていると、キャロルの顔がソースで汚《よご》れていることに気付いた。

「ほら、顔を上げて」

一心不乱に肉を頬張《ほおば》りながらも俺の指示に従うキャロル。ハンカチを取り出し彼女の口元を拭《ぬぐ》ってやる。

昔、セリアにしてやったことを思い出すと懐《なつ》かしい気持ちが沸《わ》き起こる。

汚れがとれたことを確認《かくにん》して離《はな》れると、キャロルが俺を見上げていた。

「そういえば、クラウスは冒険者なんだよね？」

彼女は俺が身に着けている剣と鎧を見て質問してきた。

「ああ、故郷から出てきて今日王都に着いたばかりなんだ」

興味を持たれたのか、先程《さきほど》よりも積極的に話《はな》し掛けてくる。

「クラウスは今までどんな依頼を請《う》けてきたの？」

彼女は値踏《ねぶ》みするように俺を見てきた。

「主にハーブの収集とかだな」

「それだけ？　戦闘経験は？」

耳をピクリと動かすとキャロルはじっと俺を見つめてくる。

「単独でならゴブリン討伐くらいだ」

ここに来るまでの道中、トロルとの戦闘経験もあるのだが、あれはサポートなので経験に含まない方がいいだろう。

王都に来るまでの間に父親の指導で訓練もしているので、今ならもっと余裕《よゆう》を持って戦える気がする。

「ふーん。でも、王都ではハーブ収集の依頼、ほとんどないよ？」

「えっ⁉　どうして！」

そんなことを考えていると、キャロルから予想外なことを言われた。

「錬金術師《れんきんじゆつし》ギルドが栽培《さいばい》して販売《はんばい》もしているから、それより安い報酬《ほうしゆう》でしか依頼がない」

そう言ったキャロルは店先を指差す。

俺が近付いて看板を見るとハーブの販売がされており、値段が地元の冒険者《ぼうけんしや》ギルドでの

買取金額よりも安かった。

「えっと……。ハーブの栽培は難しいのではなかったっけ？」

ポーションの材料になるハーブなどの植物は、生える環境《かんきょう》が決まっているので栽培で量産するのは厳しいと聞いたことがある。

だからこそ、冒険者ギルドではハーブを確保するため常設依頼を出しているのだが、これはどういうことなのか？

俺が眉根《まゆね》を寄せ考え込《かんがこ》んでいるとキャロルが答えを教えてくれた。

「難しいのではなく、設備が必要で費用がかかるから」

なんでも、王都では高価な魔導具《まどうぐ》を使うことで、環境を整えることができるらしく、錬金術師ギルド内にはハーブの栽培施設《さいばいしせつ》があるのだという。

維持するのにはそれなりに費用が発生するのだが、現在のハーブの買い取り価格を考えるとこちらの方が安くなるようだ。

そのせいで、ハーブの単価が下がってしまい、依頼を請けたがる冒険者の数も減っているのだとか……。

「まあ、いつまでもハーブに頼《たよ》っているわけにもいかないんだけどな……」

国家冒険者を目指すからには様々な依頼をこなす必要があるのだが、正直あてが外れた部分もある。

こちらでもハーブを収集して金を稼ぎつつ国家冒険者試験の準備をしようと考えていたからだ。

「王都に憧れてくる冒険者は後を絶たないけど、大半は稼げずに立ち去ることになる。背《せ》伸《の》びは駄目《だめ》だよ？」

キャロルの瞳が揺れる。どうやら忠告してくれているらしい。

「国家冒険者試験を受けたくてね。妹が留学するタイミングもあって田舎《いなか》から出てきたばかりなんだ」

俺は自分が国家冒険者を目指していることをキャロルに告げる。

「ふーん。クラウスは国家冒険者になりたいんだ？」

「何か知っているのか？」

キャロルの何か知っていそうな表情が気になる。

「一応、少しね？」

キャロルは首を傾げると返事をする。

「クラウスがどんな理由で国家冒険者を目指しているかわからないけど、難易度は高いよ」

これまでにないキャロルの真剣な表情に、俺は黙《だま》る。

「受験を希望する中の千人に一人くらいしか合格できないし、試験内容も熟練冒険者だって達成するには運がなければ話にならない。国中から集まってきたライバルにも負けず、限られた時間で突破《とっぱ》しなきゃいけないから、無理して再起不能になったり、命を落としたりする受験生も少なくない」

事前に聞いてはいたが、その内容にショックを受ける。

「でも、難関試験を潜《くぐ》り抜《ぬ》けてなれたら最高だよ。国家冒険者なら国から様々な支援《しえん》をしてもらえる。武器や防具など高額な装備購入《こうにゅう》時にも補助が出るし、国営施設は無料で使い放題。依頼料《いらいりょう》も破格だし、国の貴族と同等以上の地位になるから、大切な人を守りやすい」

キャロルは次に国家冒険者になった際に得られる立場について話し始めた。

「他にも引退後は様々な方面で引っ張りだこになる」

「色々ありがとう。参考になったよ」

一応、情報収集はしていたが、キャロルが言った条件は初めて聞くものもあった。一体、彼女は何者なのだろうか？

俺が彼女に疑惑《ぎわく》の視線を向けていると……。

「ん、冒険者ギルド。着いたよ」

そんなことを考えている間に、冒険者ギルドへと到着したようだ。

目の前には大きな建物があり、大勢の冒険者が出入りしている。

流石は王都の冒険者ギルド、施設の規模が故郷の街とは比較にならない。

毎日大量の依頼が舞《ま》い込み、沢山《たくさん》の冒険者が依頼を請けているのだろう。

まず俺は、ここからスタートしなければならない。

「ありがとう、助かったよ」

俺がキャロルに御礼を言うと、彼女は右手を上げ無言で頷《うなず》いた。

そのまま冒険者ギルドに入っていく彼女は周りから注目を浴びている。

「おい、キャロル様だぞ」

「隣を歩いているの誰《だれ》だ？」

彼女が振り返ると、首飾《くびかざ》りが揺れ俺の視界に映った。

『国家冒険者の資格を得た方には特別な装飾《そうしょく》がついた首飾りが証として与《あた》えられます。身に着けているだけで羨望《せんぼう》の眼差しで見られるくらい、凄《すご》く、美しいものなのですよ』

金色に輝くその装飾は、剣《けん》と杖《つえ》を象《かたど》ったものだった。

「頑張ってね、クラウス。国家冒険者になったら一緒に仕事しよ」

最後に少しだけ笑ったキャロルは、颯爽《さっそう》と冒険者ギルドへと消えていく。

彼女は、俺が目指す国家冒険者だった。

6

「それでは、国家冒険者になるための試験内容を説明します」

冒険者ギルドに入り、受付を訪ねた俺は、受付嬢《うけつけじょう》に国家冒険者志望だと用件を告げた。

「よろしくお願いします」

手続きのために必要な物がカウンターに並べられ、いよいよチャレンジがスタートするのだと実感が湧いてくる。

俺は彼女の説明を一言も聞き漏《も》らすまいと意識を集中する。先程キャロルからはっぱをかけられたのでやる気は十分だ。

「国家冒険者試験はまず、前提となる一次試験と二次試験に合格する必要があります」

「それはどういう試験ですか？」

俺《おれ》が質問をすると、受付嬢は答えた。

「まず、一次試験ですが、こちらは『Cランク以上のモンスターの討伐《とうばつ》』となります。国家冒険者になるには最低限の強さが必要なので、これを突破できない者は資格を与えられません」

「それって、Cランクモンスターなら何でもいいんですか？　たとえば……トロルとかでも」

「はい、大丈夫です。王都近くで狩《か》れるモンスターではもっとも出現率が高いので、受験する方の多くはトロルを討伐してこられますね」

俺は一瞬、ホッと息を吐いた。

現状で、Cランクモンスターで戦った経験があるのはトロルだけだからだ。

無理を言って護衛の人たちに混ぜてもらった経験が活かせそうだ。

「ですが、Cランクモンスターともなると強いぶん、個体があまりいません。特に王都周辺ともなると、他の冒険者も狙《ねら》っているので狩られていることが多いですね」

受付嬢の言葉に、他の受験生も存在していることに気付く。受験倍率が高いということはモンスターの奪《うば》い合いでもあるのだ。

「次に二次試験ですが、こちらは『Cランク以上のレアアイテムの収集』となります。三種類は必要になりますね」

Cランク以上のレアアイテムというのは、同ランクのモンスターが生息する危険な地域などで手に入る素材だったり、探すのが大変な希少アイテムだったりする。

狙って手に入れようとすれば一つ探すだけでも一ヶ月は必要なので、期限内に手に入れるには運の要素が絡《から》むことになる。

「国家冒険者は戦闘ができるだけでは務まりませんから、どのような方法を用いても構いませんので期限内にアイテムを集めてもらう必要があります」

受付嬢の言葉に俺は頷く。

「その二つの試験を突破して初めて本試験の『護衛依頼』を請けられるようになるのですが、まだ条件があります」

さらに説明は続き、また難題を突《つ》き付けられた。

「護衛依頼を請ける条件とは？」

「上級国民、三名以上の推薦《すいせん》です」

「上級国民というと？」

聞きなれない言葉に俺は質問をする。

「一定以上の税金を国に納めている国民、貴族や商人などですね。各ギルドのギルドマスターも無条件で権限を与えられております」

俺の質問に受付嬢はスラスラと答えた。

「それは、どういった理由でですか？」

国家冒険者試験とどのような関連があるのかが気になった。

「基本的に一般《いっぱん》の冒険者は荒事《あらごと》が得意な分、常識にかけた行動を取ることが多いです」

「ああ、なるほど……」

故郷にいたころ絡まれたことを思い出す。

新人いびりやたかりなど、強い者が弱い者から搾取《さくしゅ》することが多く、そのような行動を取る者には国家冒険者の資格を与えることはできないということだろう。

「試験での護衛依頼となると護衛対象は高貴な身分の方になります。盗賊《とうぞく》と繋《つな》がっていて害をなしたり、思わぬ強いモンスターに遭遇した時護衛対象を置いて逃亡《とうぼう》されたりすると困りますので、推薦人に人柄《ひとがら》を保証してもらうことになっているのです」

過去の試験でそのようなことがあったのだと、受付嬢は説明してくれた。

「しかし、三名以上の推薦人か……」

Ｃランクモンスターの討伐や、Ｃランクレアアイテムの収集ならばある程度戦える実力があればどうにかできるだろう。

だけど、上級国民——貴族や商人に伝手《つて》を作って推薦をしてもらうというのが簡単にいかないのは俺でもわかる。

「それゆえの、国家冒険者の資格ですから。推薦した三名は、受験者が資格を得た後も後見人として登録され、何か重大な罪を犯《おか》した場合、ペナルティを負うことになります。なので、よほどのことがない限り簡単に推薦をしてはくれないかと」

そういったペナルティがなければ、金で推薦を買うような不正が起こったりするらしい。

国家冒険者には様々な特権があるので、なりふり構わない者がいるようだ。

「それをクリアすれば、国家冒険者になれるんですか？」

俺が確認をすると、受付嬢は首を横に振る。

「最後は調査ですね。試験期間中に調査して親族に罪人がいなければ合格となります」

仮にも『国家』と名がつく以上、そこに犯罪組織の者が入り込む余地を与えない。素性《すじよう》が確かなものだけが、採用されると受付嬢は答えた。

戦闘で強いだけではなく、人柄も良くちゃんとした家庭で育っていなければ資格を得られない。合格率が低い理由も頷ける。

父親が条件として挙げたので受けることにしたのだが、まさかそこまで注目を浴びる資格だとは思わなかった。

もしかすると父親も過去に目指したことがあったのかもしれない。

「それでは、まずはCランクモンスターの討伐からとなります。こちらの魔導具をお持ちください」

渡《わた》されたのは一枚のカード型魔導具だった。

「これは？」

「国家冒険者にも持たせている魔導具で、モンスターの討伐が自動で記録されるカードです。こちらにCランクモンスターの討伐が記録されましたら提出してください。二次試験に進んでいただきます」

確実に倒《たお》した記録が必要なのだろう。そうでなければ討伐部位を買ったりする受験生もいそうだ。

「わかりました」

「一度の試験の期限は三ヶ月となります。それまでに達成できない場合は、一からやり直しになりますので御了承《ごりょうしょう》ください」

これで説明は終わりとばかりに、受付嬢は言葉を止める。

「とりあえず、やってみるとするか……」

カード型魔導具を眺《なが》めると、俺は自分が一歩を踏《ふ》み出したと考えながら冒険者ギルドを出た。

冒険者ギルドを出た俺は、一次試験を受ける前に片付けておくことがあった。

冒険者ギルドから二つ程区画を移動した場所にある、農業・畜産《ちくさん》をしている区画へと足を運ぶ。ここに俺が目的とするギルドがあるからだ。


『テイマーギルド』


冒険者の中には、冒険《ぼうけん》の途中《とちゅう》で出会ったモンスターと心を通わせた者も存在している。それらの人間をテイマーと呼ぶ。

これは希少な職業ゆえ、その関連を取り扱う部署は王都にしか存在しておらず、主にモンスターの管理や生態の情報、素材の販売などをおこなっている。

モンスターを従魔にできることがわかったのは、この百年以内と歴史も浅いのだが、本来は脅威《きょうい》なはずのモンスターの力を利用した際の効果は絶大で、少数のテイマーしかいないにもかかわらず、王都内に広い土地を用意してもらえる程度には優遇《ゆうぐう》されている。

そんなテイマーギルドの門を潜《くぐ》った俺は、

「すみません、従魔の登録をしたいのですが」

受付にいた女性に話し掛《か》けると、早速《さっそく》パープルの従魔登録をすることにした。

「はーい。どのようなモンスターを手懐《てなず》けたんですか？」

返事をした女性はこのテイマーギルドの係員らしく、様々な手続きを担当しているのだという。

彼女《かのじょ》の質問に、俺は鞄《かばん》を開けると中に手を突っ込みパープルを掴《つか》んだ。

一瞬、じたばたともがくパープルだが、俺の手だと気付くとおとなしくなる。

俺はパープルをカウンターに置くと係員さんの反応を待った。

「ほほぅ……これは珍《めずら》しい。マジックワームですね？」

セリアのように忌避《きひ》するかと考えていたのだが、係員さんは目を輝かせるとパープルを興味深く観察した。

「一応、王都ではマジックワームの飼育に成功していると聞いているんですけど？」

主流は天然のマジックワームの糸らしいが、一部の服飾店《ふくしょくてん》では人工的に孵化《ふか》させたマジックワームの糸を使った布が出回っているとか……。

「確かに、錬金術師ギルドにそういった施設はありますが、マジックワームはただ食べた餌《えさ》の魔力《まりょく》をその身に取り込んで糸に練《ね》り込むだけですし、環境に適応できず死ぬことも多いので、わざわざ従魔登録する人間はいませんから」

「……なるほど」

係員さんの説明に納得《なっとく》する。

「それに、従魔にするにはモンスターを手懐ける必要がありますけど、テイマーを目指す人たちは有用なモンスターを狙っていきますので……」

確かに、肩《かた》に乗せて歩かなければならないので、マジックワームを手懐けるメリットはなさそうに見えるのだが、実際はハーブの在りかを教えてくれるので有用だったりする。

このことを知れば、マジックワームを手懐けようとする人間も現れるのではなかろうか？

テイマーギルドでは様々なモンスターが従魔登録されているらしいのだが、ここに来てどのようなモンスターが存在しているのか興味が湧く。

「今のところ、テイムされている最大のモンスターってなんですか？」

「えーと、確か……ドラゴンですね」

係員さんは眼鏡に指を当てるとそう答えた。

「ドラゴン!?」

ドラゴンと言うと、空を駆《か》け火を噴《ふ》く最強のモンスターだ。

戦士や魔導師《まどうし》が数十人単位で束になってようやく退けられる強さを持つ。一体どのような無謀《むぼう》な試みをすれば、手懐けることができるというのか？

「その方は、たまたまドラゴンの卵を発見して、孵化する場に居合わせたらしいんです。生まれてきたばかりのドラゴンに刷《す》り込みをして、世話をすることで自分を親と認識《にんしき》させたらしいですよ」

ドラゴンを使役《しえき》した時の凄《すさ》まじさは他では言い表せないらしく、国の内外様々な事件や問題を解決したのだという。

それゆえ、今でもドラゴンの卵を手に入れ、自分もドラゴンテイマーになりたがる人間は多いらしい。

「実はこのテイマーギルドは、その方が創設者でして、今ではその家系が貴族になって内側からこの国を支えています」

係員さんはそのような背景を俺に語ってくれた。

そんな余談を交えつつも、彼女は俺の前に従魔登録に対する規約が書かれた紙を差し出す。

「それでは、こちらの規約に目を通してください」

パープルは顔を突き出し紙をなぞるように糸を走らせた。どうやら書面を読んでいるつもりらしい。

「なんか……可愛いですね？」

その仕草がツボに入ったのか、係員さんはパープルを可愛いと評する。

俺も可愛いと思っているのだが、モンスターなので一般人《いっぱんじん》は気味悪いと感じるはず。

特にセリアなど遭遇《そうぐう》した瞬間《しゅんかん》に魔《ま》法《ほう》を乱れ撃《う》ってくるのではなかろうか？

疎《うと》まれることを覚悟《かくご》していたのにあまりにも自然な笑《え》みを浮《う》かべる彼女を見て、テイマーギルドで働いているから慣れているのだろうと察する。

「差し支《つか》えなければ触《ふ》れてみてもよろしいですか？」

そんな彼女はパープルを眺めていたかと思うと俺に許可を求めてきた。

「それは、危険がないかの判断ですか？」

「いえ、撫《な》でてみたいなと思いまして」

特に業務ということではないらしく、その言葉にパープルを肯定《こうてい》するものが含まれていたので嬉《うれ》しくなる。

「どうぞ」

俺が許可を出すと、係員さんはパープルに触れ始めた。

頭から背に向けて指を動かしパープルの反応を見ている。しばらく撫でた後、一番反応が良かったであろうアゴの部分に触れるとパープルも機《き》嫌《げん》良さそうに身体の力を抜いた。

係員さんに悪意がないとわかったのか、パープルは糸を出すと彼女の指に絡め甘《あま》え始める。

「ふふふ、可愛い可愛い」

俺はそんな触れ合いを横目に規約を読んだ。

内容を整理すると、従魔登録をしたテイマーが守らなければならないのは以下の三点ということになる。

・テイマーは従魔が人に危害を加えない安全な存在であると保証しなければならない
・テイマーは従魔を犯罪に用いてはならない
・テイマーは従魔の生態についてレポートを作り提出する必要がある

最初の二つに関しては治安を守るための規約で、従魔が人に危害を加えたり犯罪をしたりした場合は処分がくだることになる。

後の一つは、モンスターの生態の解明だ。

従魔には謎《なぞ》が多く、安全にモンスターと共存するためには、そのモンスターの生態を良く知らなければならない。

エサは何を好むのか、夜行性なのか、連れ歩く時に何をさせているのか？　何をすると怒《おこ》るのかなどなど……。

従魔の情報を全体で共有し、後進の育成に利用するのだ。

「また、レポートとあっているかどうかの確認をするため、こちらで預かることもあります」

なんでも、この施設にはそれぞれのモンスターの環境に対応した施設も用意されているらしく、快適に過ごせるようだ。

従魔を連れて行けない場所に向かう際、テイマーもよく利用しているのだという。

「その時に、上手《うま》く世話をできないと困るので、気付いていることは詳細《しょうさい》に書いてくださいね」

係員さんはそう言うとレポートの重要性を説いた。

結局、俺はこの日、夜遅《よるおそ》くまでレポートを作成するため、テイマーギルドに滞在《たいざい》することになった。

7

王都に到着《とうちゃく》した翌日の朝、俺は武器と防具に身を固めると宿を出た。

王都の宿は高く、ただ宿泊《しゅくはく》するだけでも銀貨数枚必要になる。

これは、王都と俺が住んでいた街の物価が違《ちが》うからなのだが、あらかじめ用意していた旅費は一ヶ月分ということで、このまま何もしなければ十日後には活動ができなくなってしまうだろう。

「さて、今日からは一人か……」

ここまで同行したセリアも、パープルもこの場にはいない。

セリアは学校の寮に入ったし、パープルはテイマーギルドに預けてきたからだ。

何せ、今日から俺はCランクモンスターの討伐を行わなければならない。

移動の最中は馬車に置いていけば問題なかったのだが、戦闘《せんとう》となると自力で素早《すばや》く動けないマジックワームを連れて歩くのは危険だ。

レポートの結果を確認するために預かると言う係員さんの申し出に甘え、今のうちに一次試験を終わらせてしまおうと考えた。

「確か、北門から出た先にある平原に、トロルが稀《まれ》にいるんだったかな？」

昨晩、テイマーギルドの係員さんに俺が冒険者を続けるための経緯《けいい》について話した。その時に国家冒険者の受験をしたことを告げると、王都周辺のモンスターの生息域について情報をくれた。

『王都北門から出て真っすぐ北上すると平原があってそこにゴブリンやコボルトやオークの他にトロルも生息しています』

そして彼女はこうも続けた。

『その先にある森には、レアな植物が生えてるんですけど、その分出現するモンスターも強いので、用事がなければ立ち入らないようにした方がいいですよ』

そんなわけで、俺は係員さんの言葉に従い平原を目指した。

「とりあえず、今日のところは様子見だな。まずはこの平原のモンスターとどれだけ戦えるかやってみないと……」

父親に鍛《きた》えられたお蔭《かげ》で、俺のステータスは若干《じゃっかん》伸《の》びているとはいえ、初めての場所なら慎重《しんちょう》に行動するに越《こ》したことはない。

クラウス：人間
性　別：男
年齢《ねんれい》：十六歳《さい》
称号《しょうごう》：女神《めがみ》ミューズの祝福

筋　力：D
体　力：D
敏捷度《びんしょうど》：D
魔　力：E
精神力：D
幸　運：G
状　態：健康
スキル：『孵化』
付　与《ふよ》：【魔力増加（小）】
テイミング：『マジックワーム』

『筋力』『体力』『敏捷度』がそれぞれDとなっているので、今の俺はDランク相当のモンスターやレアアイテムを収集できる冒険者ということになる。

基本的に、念じて浮かぶこの「ステータス」で出てくる基準はモンスターランクや冒険者ランクとも一致《いっち》しているので、トロルなどのCランクモンスターは俺にとって格上の相手ということになる。

「それにしても、魔力が上がったのはこの【魔力増加（小）】のお蔭だよな？」

パープルと従魔契約《じゅうまけいやく》をした際、能力が付与《ふよ》されたらしいのだが、その後孵化を行ったところ、あまり疲労《ひろう》しなくなった。

もしかすると、俺が『孵化』させたモンスターと従魔契約をすると、相手の力の一部がこちらに『付与』されるのではないかと考えたのだが、まだ検証段階なので確定はできない。

無計画に孵化させたところで飼えないし、飼ったところでハーブの消費量が増えてしまう。そうなると目標金額を稼《かせ》ぐことができないという事情もあった。

ひとまず、無事にセリアを王都の学校に入学させることができたし、こうして冒険者としての期限を一年もらったのだから、しばらくは様子を見つつで構わないだろう。

何かあればテイマーギルドを頼ることもできるし、係員さんに相談すればよい。

しばらくして、俺は平原に到着すると気を引き締《し》めた。


「はっ！」

『ゴブウウッ！』

「やあっ！」

『ガルゥ！』

平原に出てから半日が経過した。

「はぁはぁはぁ……今日はこんなところかな？」

地面にはゴブリンとコボルトの死体が横たわっている。

「しかし、半日探し回って結局この二匹《ひき》だけとはな……」

出発前に確認したところ、常設の討伐《とうばつ》依頼《らい》の金額は故郷の街とあまり変わっていない。

ゴブリンは銀貨一枚、コボルトは銀貨二枚。今日一日分の宿代は確保できたことになるのだが……。

「俺の感覚が麻痺《まひ》しているのか、モンスターよりハーブ集めの方が効率がいい」

平原は広く、半日動き回ってもモンスターをほとんど発見することができなかったのだ。

よくよく考えたら王都までの二週間の馬車での移動期間中、モンスターと遭遇した回数は両手の指より少なかった。

王都周辺は定期的に兵士が巡回《じゅんかい》しているので治安も良く、あまりモンスターがいないのではないかと推測してみる。

「せめて、一人でオークを倒せるか確認くらいはしておきたいんだけど……」

滞在二日目ということもあるのだが、早い段階で自分の能力を把握《はあく》しておきたい。オークとの戦い次第《しだい》で身体を鍛えたり、装備を見直したりしなければならないからだ。

その後、諦《あきら》めることなく平原を探索《たんさく》していると……。

『ブヒフフフフ』

はち切れそうな筋肉に革鎧《かわよろい》と石の斧《おの》を持ったオークが一匹現れた。

「待ってました！」

俺は気を高ぶらせると剣の柄《つか》に手をかけた。

『ブヒイイイッ！』

その動作と同時にオークがドスドスと足音を立ててこちらへと突進《とっしん》してくる。

その動きは遅《おそ》いのだが、巨体《きょたい》から繰《く》り出される攻撃《こうげき》は重そうで、真正面から受けるのを躊躇《ためら》った。

『ブヒイイイイッ！』

突っ込んでくるオークの動きを見切った俺は、横に身体を滑《すべ》らせると、その勢いを利用して剣を横に振《ふ》りぬく。

『ブアッ！』

革鎧に阻《はば》まれ、浅く肌《はだ》を斬《き》りつけただけとなる。鎧が破損し、露出《ろしゅつ》した肌からは血が滲《にじ》み落ちている。

「流石《さすが》は同格扱《あつか》いだけある。これまでと手ごたえが違うな……」

俺がオークと戦ったのは、王都までの移動中に二度程。

どちらもサポートだったのだが、前衛を引き受けた戦士は重い一撃《いちげき》でオークの脳天をかち割っていた。

「落ち着け、一人だからってやることが変わるわけじゃない」

激しく脈打つ心臓を御《ぎょ》し、正眼に剣を構えオークの挙動を観察する。

『ブヒイイイッ！』

「見えるっ！」

有利になるように相手の動きを見切って誘導《ゆうどう》する。

俺はオークが右手で斧を振り下ろす瞬間、左に避《よ》け、右腕《みぎうで》に傷をつけて斧を落とさせる。

道中護衛リーダーがやっていたのが脳裏《のうり》をよぎったのだ。

「いける！」

必ずしもすべての戦いで使えるわけではないが、戦闘とは相手の戦力を削《そ》ぐことだ。

利《き》き手《て》を傷つけ、武器を手放させ、足を傷つけ、逃亡を不可能にする。

決して一撃で勝負を決めようとはせず、最終的に地に足が立っているのが自分であればよい。

俺はこれまでの経験からそう結論付けると、じわじわと肌が露出している部分を攻撃し、血を流させオークの体力を削いでいった。

「はぁはぁはぁはぁ」

十数分後、地面には全身に傷を負い心臓を貫《つらぬ》かれたオークが倒れている。

動きが鈍《にぶ》ってきたところで俺が隙《すき》をついて刺《さ》したのだ。

「……やったな」

初めて一人で戦ったにしては合格だろうが、まだまだ課題も多く残っている。

オークの攻撃を一撃も受けることなく一方的に倒したが、他の冒険者ならばもっと短時間で余裕《よゆう》を持って倒していたし、一匹程度で息を切らしたりしないだろう。

「だけどとりあえずこれで、今日の収入は黒字だな」

オーク討伐の収入は銀貨十枚、先の討伐と併《あわ》せると銀貨十三枚になり、四日分の滞在費《たいざいひ》を稼げたので、この先王都で冒険者を続けていく大きな自信となった。

「当分の間は経験を積みつつトロルの探索になるかな？」

オークを倒したからには次の目標はCランクモンスターだ。

俺は今後の予定を考えながら王都の宿へと戻《もど》って行くのだった。

王都に滞在してから二週間が経過した。

その間、俺は北門を出て毎日モンスターを狩《か》りまくっていた。

ゴブリンやコボルトにオークと、平原を歩き回り倒していく。

そのお蔭もあってか、段々と戦い方も上手くなり、今では気負うことなくモンスターを倒すことができるようになった。

これならば、トロル討伐も問題なく達成できそうな感触《かんしょく》があるのだが……。

「全然、トロルの影《かげ》も形も見えない！」

索敵《さくてき》する場所が悪いのか、はたまた運が悪いからか、一向にトロルと遭遇することはなかった。

「本日の報酬《ほうしゅう》です」

冒険者《ぼうけんしゃ》ギルドで報酬を受け取る。低ランクモンスターの討伐とはいえそこそこの報酬を得られる。

安定して稼ぐなら王都は依頼《いらい》の種類も多いので仕事がしやすい。

王都で成功するためには実力が必要で、依頼をこなす能力が足りない冒険者は自然と淘《とう》汰《た》されていく。

そんな中、順調に活動を続けている俺なのだが……。

「これは、ちょっと狩場《かりば》を変えた方がいいかもしれないな？」

二週間狩りをしてトロルに遭遇できないということは、平原にトロルがいない可能性がある。

「このまま固執《こしつ》するより、他のCランクモンスターを討伐した方がいいのかもしれない」

自身の戦闘経験から一次試験の標的をトロルに決めたのだが、毎日の戦闘でそれなりに強くなってきた実感があるので、トロルにこだわる必要はない。

俺は情報を得るため冒険者ギルドの受付に足を運ぶ。

「すみません、国家冒険者の資格試験を受けているんですけど」

「はい」

受付嬢に話《はな》し掛けると、自分の状況《じょうきょう》を説明する。

「この辺で討伐できる、トロル以外のCランクモンスターって何がいますか？」

冒険者ギルドにはモンスターの出現情報が集まる。何か分からないことがあれば受付嬢に聞くことで新たな情報を得ることができるのだ。

「そうですね……、北門を出たところの森に生息するダイアウルフ、西門を出てしばらく進んだ湿地帯《しっちたい》に生息するポイズントード、東門から出て数日移動した鉱山にいるゴーレムあたりが一次試験でよく討伐されていますね」

受付嬢は口元に手を当てると、ツラツラとモンスターと生息場所を教えてくれた。

「なるほど、とりあえず鉱山は遠いし、毒はちょっと怖《こわ》いので、ダイアウルフが無難ですかね？」

「そうですね、クラウスさんはこれまでソロで冒険をされていますので、何かあった時を考えるとそれが最良かと思います」

本来なら、誰かしらとパーティーを組む方が望ましいのだが、一度パーティーを組んでしまうとそれぞれの都合に合わせて行動しなければならなくなる。

資格取得を優先したい俺に対し、日々の稼ぎを優先したい冒険者とでは足並みを揃《そろ》えることもできず無駄《むだ》に争う未来が見える。

それに、俺が女神ミューズから授《さず》かった能力もある。

これまであまり気にしていなかったが、おそらく俺は与えられた力のお蔭で成長しやすくなっているのだろう。

あくまで体感になるのだが、普通《ふつう》の冒険者が一年かかるところを三ヶ月……下手すると一ヶ月でクリアできているのはこの恩恵《おんけい》のお蔭だ。

パーティーを組めば、俺の成長の速さを疑問に思うだろうし、スキルに関してもおいそれと使うわけにもいかない。

「とりあえず、北門の森なら何度か近くまで行ったことがあるので、見てきます。ついでに何か良さそうな依頼ってありますかね？」

「そうですね……、二つあるのですが、一つめは今のクラウスさんではかなり厳しいと思うのですが、森にいるコカトリスの討伐依頼でしょうか？」

「コカトリスって、尾《お》が蛇《へび》の鳥型モンスターですよね？」

確か、触れる者を石化させる特殊《とくしゅ》な攻撃をしてくるBランクモンスターで、その対策をしていないと戦ってはいけない危険な相手だ。

「ポイズントードよりも厄介《やっかい》で、致命的《ちめいてき》な相手です」

俺は一瞬《いっしゅん》、森に入るのを諦めようかと考えたのだが、そうなると鉱山に行くことになり、最低でも一週間は使ってしまうことになる。

コカトリスと遭遇したら距離《きょり》を取り、全力で逃《に》げることにしよう。

「もう一つは？」

俺は受付嬢にもう一つの依頼を確認《かくにん》した。

「他にはダイアウルフの毛皮の納品依頼ですね」

何でも、とある金持ちがダイアウルフの毛皮でコートを作るらしく、素材を募集《ぼしゅう》しているようだ。

これならば、俺のやりたいこととも一致している。

「その依頼受けます」

俺はダイアウルフの毛皮採取依頼を受けると、森へと向かうのだった。


森に入ってから数日が経過した。

その間、俺は王都に戻ることなく、森の中で生活をしている。

それというのも、平原と違い、森の中では進行速度が落ちるからだ。

一応、ハーブ収集で森に入るのは慣れているのだが、ここは故郷の森とは違って範囲《はんい》が広く、様々な生き物が生息している。

ダイアウルフなどのランクが高いモンスター程《ほど》森の奥深《おくふか》くに生息しているので、討伐するためにはそれなりに奥《おく》まで進む必要があった。

気付かれないように慎重に探索を続けること数時間。

「……やっと見つけた」

茂《しげ》みの奥で生き物が動く音が聞こえた。

木に隠《かく》れ、枝や葉っぱの隙間《すきま》から姿を確認すると、銀色の毛並みを持つ、大型犬を一回り大きくしたようなモンスターが立っていた。今回の標的であるダイアウルフだ。

ダイアウルフは何やら餌を食べているらしく、地面にはツノを生やしたウサギ――ホーンラビットの死体があった。

獲物《えもの》に気を取られているのなら好都合。俺《おれ》は気配を完全に殺すと、背後からゆっくりとダイアウルフに迫《せま》る。

『ガルッ?』

少し近付いたところで、ダイアウルフは食事を止め、顔を上げる。音は立てていないはずなのだが勘《かん》が鋭《するど》いらしく、何かが近付く気配に気付いたようだ。

ひくひくと動かす鼻にはホーンラビットの血がこびりついており、牙《きば》には食べかけの肉《にく》片《へん》がこびりついている。

既《すで》に不意を打てるような状況ではないと判断した俺は、せめて少しでも有利に立ち回れるようにと茂みを飛び出し、ダイアウルフに強襲《きょうしゅう》を仕掛《しか》けた。

『ガルルルッ!』

先程《さきほど》まで食事をしていたとは思えない反応をみせたダイアウルフは、俺の攻撃よりも早く突進してきて牙で頭を噛《か》み砕《くだ》こうとしてきた。

――ガキッ!――

「くっ！　重い……！」

剣《けん》の側面を向けダイアウルフの突進を受け止める。身軽な動きのわりに体重が乗っており、攻撃を受けないようにするので精一杯《せいいっぱい》だった。

「流石はCランクモンスターだけはある。オークとは格が違うな」

オークの攻撃も決して温《ぬる》くはないのだが、ダイアウルフと比べてしまうと敏捷度や攻撃の手数で劣《おと》る。

『ガルルルル！』

認めたくはないのだが、森で戦闘をする時点で総合力は向こうが上。このままともに戦っていては勝ち目がないだろう。

だが、強敵相手に何の準備もしないで挑《いど》むようなことはしない。俺は一旦距離《いったんきょり》を取ると、左手に袋《ふくろ》を握《にぎ》り締めた。

『ガルルルルッ！』

初撃を止められたことが気に入らないのか、逃げ出す様子を見せないダイアウルフに俺は内心でホッとする。

ここで逃げられては、依頼も達成できないし、一次試験の合格基準も満たせないからだ。

「かかってこい！」

ダイアウルフを挑発《ちょうはつ》すると、それが解《わか》ったのかふたたび突進してくる。

先程までよりも鋭い動きで、まともに受けたらこちらが吹《ふ》っ飛ぶのは明白。俺は集中し、ダイアウルフの動きに合わせると、左手に持つ袋の中身を撒《ま》き散らし息を止めた。

『ギャインッ!?』

目を細め、口元を布で覆《おお》い様子を窺《うかが》う。

今俺が撒いたのは、市場で売っている香辛料《こうしんりょう》を粉末にした物だ。

ダイアウルフは鼻が利くので、これを吸《す》い込《こ》んでしまうと呼吸もままならず身動き一つとれなくなるのだとか……。

この情報はテイマーギルドの係員さんに「ダイアウルフを討伐《とうばつ》しに行く」と言ったら教えてくれたので、後日御礼《おれい》をしなければならないだろう。

苦しそうに地面をのたうち回るダイアウルフ、普通に戦えばCランク相当で今の俺でも勝てるかわからないのだが、こうなってしまえば強さなど関係ない。

「覚悟っ！」

俺は剣を振るうと、ダイアウルフの命を刈《か》り取るのだった。

ダイアウルフの毛皮を剥《は》ぎ死体は焼き捨てる。持って帰ればそこそこの値段で売れるらしいのだが、森の奥深くで狩《か》った自分よりも大きな生き物の死体を運んでの移動は不可能なので仕方ない。

試験を受ける際に渡された、モンスターの討伐を記録してくれるカード型の魔導具《まどうぐ》を取り出す。

するとそこには確かに『Cランクモンスターダイアウルフ討伐』と記録が残されていた。

「ここまでで三週間、一次試験で一ヶ月かかってないんだから、まあまあかな？」

この先の試験の難易度を考えるとまだまだ油断はできないのだが、今はひとまず課題をクリアしたことを喜ぶことにしよう。

8

「おめでとうございます。クラウスさんの一次試験突破《とっぱ》を確認しました」

数日掛けて冒険者ギルドまで戻った俺は、受付嬢《うけつけじょう》に討伐記録のカードを確認してもらった。

「それにしても、トロルを倒《たお》すと言ってましたし、ダイアウルフだったので驚《おどろ》きました」

「ええ、トロルが一切《いっさい》見当たらなかったもので……」

平原での戦闘に慣れていたのでそちらの方が良かったのだが、肝心《かんじん》のトロルと遭遇できなかったことを思いだしゲンナリしてしまう。

「あー、もしかすると先に受験した人たちが狩ってしまったのかもしれませんね」

彼女は心当たりがあるのか、乾《かわ》いた笑いをするとそう告げた。

「それじゃあ、二次試験をお願いします」

「かしこまりました。では、討伐記録の魔導具を一度預かりますね」

ただでさえ数の少ないCランクモンスターがターゲットになっている。この先の試験も数少ない獲物の取り合いということになるだろう。

受付嬢はツルツルした透明《とうめい》な台の上に置くと魔導具を操作した。するとカードの表面が白く輝《かがや》いた。

「カード型魔導具の機能を一部開放しました」

俺は彼女から魔導具を受け取ると表面を見る。

「二次試験はこのリストの中からCランク以上のレアアイテムを三種類収集することです」

リストに表示されているのは希少なハーブや希少な鉱石・宝石類、レアモンスターの身体の一部などなど……。

遠くて収集に時間が掛かるアイテムや滅多《めった》に見かけないレアアイテムばかりで収集に苦労させられそうだ。

そんな中、俺はリストの中に気になるレアアイテムを発見する。

「この【コカトリスの卵】って、あのBランクモンスターのコカトリスですか？」

「ええそうですね」

「流石にそれは、鬼畜《きちく》なのでは？」

確かにダイアウルフは倒せたが、対策をした上での話。これがもうワンランク上ともなると、今の俺では無謀な賭《か》けになってしまう。とてもではないが二次試験で取り扱うようなレアアイテムではない気がする。

「実は今回のリストですが、貴族や商人からの依頼がリアルタイムで反映されています。この魔導具は国家冒険者も利用しているもので、これがあれば、いちいち受付で確認しなくても依頼が出ているアイテムが出先でも確認できるのですよ」

「なるほど、つまり、二次試験は内容が変化する上、競争ということですか？」

「はい、そうなりますね」

受付嬢の言葉に俺は考《かんが》え込む。

二次試験では明確に同じアイテムを狙《ねら》うライバルが存在することになる。

遠方の確実な品を狙って行動し、いざ入手してみれば既に依頼が完了《かんりょう》していて無駄になる可能性もある。

そうすると悪戯《いたずら》に時間だけ消費してしまい、残された期間が短くなるので試験に落ちてしまう。

相手は同じ受験生や国家冒険者。王都周辺の地の利もあることを考えると、一次試験以上に厳しいことになるだろう。

残り二ヶ月の期間で三種類のレアアイテムを収集するとなると、それ程余裕《ほどよゆう》はない。

「ちなみに私の方でお勧《すす》めするのは植物系レアアイテムです」

「それはどうしてですか？」

悩《なや》んでいるところにアドバイスをくれた受付嬢に聞き返した。

「強いモンスターの身体の一部は討伐できる実力が必要になりますが、植物系レアアイテムであれば発見することができれば手に入りますから。国家冒険者の方々も運に依存《いそん》するレア植物はあまり真剣《しんけん》に探さないのです」

狩れば確実に手に入るレア素材を優先するのでライバルが少ないと言いたいらしい。

確かに、ソロで行動しているということもあって戦闘によるリスクをあまりとりたくない。

「ありがとうございます」

俺は彼女《かのじょ》に御礼を言うと冒険者ギルドを出るのだった。

◇

「兄さん、一次試験突破おめでとうございます」

セリアは俺の顔を見るなり祝いの言葉を口にした。

「とはいっても、まだ一つ終わっただけだけどな」

俺はそう答えると苦笑いを浮かべる。今回の試験では冒険《ぼうけん》における基礎《きそ》能力が試《ため》された。

初めての場所に行き、いるかもわからないモンスターを探す。

発見すれば戦闘になり、討伐しなければならない。

どうにか討伐することはできたが、今思えばダイアウルフは俊敏《しゅんびん》さを持つ強敵だったので、もう一度戦って完全に勝てるかというと即座《そくざ》に答えることができない。

そのくらい、ギリギリの戦いだった。

加えて二次試験は同じくCランク以上のレアアイテム、それもその時依頼があった物と制限が付く。

同じく国家冒険者を目指す受験生との競合もあるだろうし、厳しい試験になるのは間違《まちが》いない。

「そんなことより、セリアのことを聞かせてくれ」

「わかりました。でも今日は一日中、兄さんの時間をもらいますからね」

約束通り、週に一度は顔を見せていたのだが、試験が忙《いそが》しかったのであまり構ってやることができなかった。セリアは俺の腕《うで》に抱《だ》き着くと不満げな顔を俺に向ける。

「ああ、今日はセリアに付き合うよ」

俺は妹の御機嫌《ごきげん》を取ると、彼女をエスコートし始めた。


「本当に王都は人が多いですよね」

二人揃って大通りを歩く。特に目的もなく適当に進んでいるのだが、露店《ろてん》や人の賑《にぎ》わいを見ているだけで楽しい気分になってくる。

「この通りだけで街にあるお店より数が多いですよ」

「確かに、俺たちの街だとこの規模の人数が集まるのは祭りの時くらいだからな」

王都に出てきてから一ヶ月、故郷の街のことを思い出す程度には懐《なつ》かしく感じる。

「なんだか不思議な気分です。元々、王都には一人で留学する予定だったのに、兄さんが付いて来てくれるなんて……」

セリアは自然と俺の手を握り嬉《うれ》しそうに笑う。

「まあ、俺の場合は成り行きというか、期限付きだけどな」

父親との約束があるので、下手すると一年後には王都を離《はな》れることになるだろう。

「これからも、兄さんと一緒《いっしょ》にいたいので、頑張《がんば》ってくださいね」

セリアはそう言うとそっと身体を俺に寄せてきた。

「ふざけんなおらあああああっ！」

男の怒鳴《どな》り声が響《ひび》き、セリアがびくりと震《ふる》え俺に抱き着く。

そちらを見ると、店の中で大男が暴れていた。男は顔が真っ赤で呂律《ろれつ》も怪《あや》しい。どうやら酒を呑《の》んでいるらしく、酔《よ》っ払《ぱら》っていた。

「……兄さん」

セリアが怯《おび》え俺の服を掴《つか》む。

「セリア、ちょっと待っていてくれ」

このままでは怪我人《けがにん》が出る。俺は大男を取り押《お》さえようと店に入った。

「おい、そこの――」

「迷惑《めいわく》を掛《か》けたら駄目《だめ》」

いつの間にか、俺の横に人が立っていて同時に大男に声を掛けた。

「キャロル⁉」

彼女は俺が王都に来た初日に出会った国家冒険者のキャロル。獣人《じゅうじん》の少女だ。

「なんだぁ、てめぇ！」

酒が入っていた瓶《びん》を振り回しこちらを威嚇《いかく》してくる。モンスター相手なら急所を狙って仕留めればよいのだが、まさか武器を使うわけにもいかず、体格差を考えると押さえ込むのは容易ではない。

まずは店の外におびき出すべきだろうか？

俺がそんなことを考えていると……。

「ここは美味《おい》しい料理を出す店。迷惑を掛けたら駄目だよ？」

キャロルは大男の言葉を無視して彼《かれ》に近付いていった。

大男は瓶を捨てキャロルに襲《おそ》い掛かる。力で組《く》み伏《ふ》せられてしまうと、キャロルではどうしようもないだろう。俺が彼女を助けようと動こうとした瞬間《しゅんかん》、

「えっ？」

俺も大男もキャロルの姿を見失う。近くにいた大男はともかく、離れた場所にいた俺は一瞬たりとも視線を外さなかった。だというのに俺は彼女の動きを目で捉《とら》えることができ

なかったのだ。

「おいたする人はこうだよ」

背後からの一撃で大男は気絶して床《ゆか》に沈《しず》む。あまりにも鮮《あざ》やかな制圧に、店の内外から歓声《かんせい》が上がった。

両手をパンパンと払《はら》うキャロル。店の主人から礼を言われ、周囲の人間からも羨望《せんぼう》の眼《まな》差《ざ》しを向けられている。

「あれ？　クラウスだ？」

ふと目が合うと、彼女が名を呼ぶ。どうやら俺に気付いていなかったらしい。

「えっと……久しぶりだな」

彼女が俺の名前を憶《おぼ》えていたことに驚きつつも返事をした。

「それにしても、今の動き凄《すご》いな」

彼女は国家冒険者、その実力の一端《いったん》を見せてもらった。

「あのくらいはまだまだ。本気を出せばもっと速いよ？」

自然な口調にそれが嘘《うそ》ではないとわかる。実力の底すら感じさせない透《す》き通った瞳《ひとみ》に、
俺は身体が震えるのを感じた。

「兄さん、大丈夫《だいじょうぶ》ですか？」

騒《さわ》ぎが落ち着いたからか、セリアが店に入ってきた。

「ああ、問題ないぞ」

大男はキャロルが倒してしまったし、俺は特に何もしていない。


――グゥゥゥゥ――


次の瞬間、お腹《なか》の音が鳴る。

「……お腹空いた」

キャロルがお腹を押さえてそう呟《つぶや》いた。

「あの、良かったらこれ食べます？」

セリアはバッグに手を突《つ》っ込むと、クッキーが入った小袋《こぶくろ》を取り出した。

「いいの？」

顔を上げたキャロルはセリアに確認する。

一瞬セリアと目が合った。おそらく、俺のために作ってきたクッキーなのだろうが、キャロルの切なそうな顔をみて庇護《ひご》欲が湧《わ》いてしまったらしい。故郷でもセリアは年下の面《めん》倒《どう》をよく見ていたので、当然の反応だ。

「よかったらもらってくれ」

俺が口添《くちぞ》えをすると、キャロルはクッキーを受け取り、袋を開け、早速《さっそく》食べ始める。

「ん、美味しい」

ホッとした様子を見せるセリア。彼女が作るお菓子《かし》は美味しいので心配はしていなかった。

凄い勢いでクッキーを食べるキャロル。やがてすべて食べ終えると、

「美味しかったから、これは御礼」

何やらチケットをセリアに渡《わた》してきた。

「これ、王都でも有名な劇場のプレミアチケットじゃないですか⁉」

「ん、もらったけど観《み》にいかないから」

人気のチケットなので簡単に手に入らず、手に入ったとしても高額。そんな物を簡単に渡すとは、国家冒険者はどれだけ儲《もう》かるのか……。

「ありがとうございます。観てみたかったんです」

セリアの御礼を聞きながら、キャロルは出口へと向かう。用事が済んだので退散するようだ。

彼女はふと振り返ると、

「そう言えばクラウス、一次試験突破おめでとう」

そう告げると、尻尾《しっぽ》をゆらゆらと揺《ゆ》らし出て行く。

そんな彼女に圧倒《あっとう》された俺は、

（あれが、国家冒険者）

自分が目指す先を進むキャロルに、畏敬《いけい》を覚えずにはいられなかった。

9

「しかしお前、大きくなったなぁ」

『…………♪』

俺の肩《かた》には現在パープルが乗っている。三週間前にテイマーギルドに預けた時は、てのひらに収まる大きさだったのだが、一回り大きくなっている。

シュルシュルと糸が伸《の》びてきて頬《ほお》を撫《な》でる。柔《やわ》らかくも滑《なめ》らかな糸は肌触《はだざわ》りがよい。

俺が手を差し出すと、甘《あま》えるように糸を絡《から》め自分の頭へと導く。撫でてやると嬉しそうに身体を揺さぶった。

最近まで一次試験でモンスターと戦闘《せんとう》をしていたので、あまり構ってやることができず申し訳ない気持ちになってくる。

パープルも寂《さび》しかったらしく、こうして甘えてきた。

そんな俺たちは現在、北の森に来ている。目的は二次試験に必要なCランク以上のレアアイテムの収集だ。

久しぶりの森ということもあってか、パープルは上機嫌《じょうきげん》だ。糸を様々な方向に伸ばしながら触角《しょっかく》をピクピクと動かしている。

しばらく歩いていると、パープルの糸が俺の頬をツンツンと突く。

「うん？　あっちに何かあるのか？」

パープルから意思が伝わってきて、そちらに向かうとハーブの群生地が見つかった。

「結構でかいな。故郷の森ではこんな群生地見たことない」

回収してみるとハーブが数十枚は採れた。俺が早速ハーブを与《あた》えてやると、パープルは美味しそうに食べ始める。

「多分、植物が栽培《さいばい》されているからか、この森に収集目的でくる冒険者が少ないんだろうな」

もしその推測が当たっているのなら、植物系レアアイテムが自生している可能性は高い。

「よし、この調子で色々収集してみるか！」

『……♪』

その後も、パープルの案内のお蔭《かげ》で次々と群生地を見つけた俺は、大量のハーブを収集することができた。

「しかし、単価が落ちるとはいえ、これだけあれば故郷での収入を上回りそうだな……」

人の手が入っていないからこれだけ収集できるのだろうが、ライバルがいないのならしばらくパープルを連れて稼《かせ》ぐのも悪くないかもしれない。そんなことを考えていると……。

『……!?』

突然《とつぜん》、パープルから凄い量の糸が出てうねうねと動き始めた。

「どうした？」

これまで見たことのない反応に、俺は驚く。

『………!?＃％”』

パープルから何やら焦《あせ》りのような、興奮のような喜びのような感情が伝わってくる。

やがてパープルが操《あやつ》る糸が纏《まと》まり森の奥を示した。

「こっちに、ハーブがあるのか？」

反応からしてハーブ以上の何かがありそうな雰囲気《ふんいき》だ。

俺は期待に胸を高鳴らせるとパープルが示す方向へと進む。

「これは……なんて綺麗《きれい》なハーブ」

鬱蒼《うっそう》とした森の木々の間から差し込む光、その場所に一つだけ咲《さ》いているハーブを発見した。

太陽の光を浴びキラキラと輝く、植物というよりは鉱物ではないかと思われる天然の物質。


『Bランクアイテム【クリスタルハーブ】を収集しました』


魔導具が震え、そんなメッセージが表示される。

「人目につかない場所で、こんなに綺麗なアイテムが存在していたなんてな」

Bランクアイテムと言えば【コカトリスの卵】【レッドドラゴンの鱗《うろこ》】などと並ぶレアアイテムだ。

そんなアイテムを見付けるとは、パープルの嗅覚《きゅうかく》はどうなっているのだろう？

俺は早速リストを確認する。だが現在依頼されている品の中に【クリスタルハーブ】はない。

「残念。まぁ、仕方ないか」

こういうのは時の運も絡む。Bランクアイテムともなれば相当な高額で売れるので当面の資金が確保できたのなら良いかと考えていると、

『…………!!』

パープルが糸を伸ばし【クリスタルハーブ】に固執する様子を見せてきた。

「欲《ほ》しいのか？」

俺はパープルに意思の確認をする。

これまで、ハーブを発見こそすれ、俺が与えるまではじっと待っていただけにこの行動は珍《めずら》しいからだ。

『…………!?#$!!☆』

パープルから感情が流《なが》れ込んでくる。それはとても切実で切望しており、どうしてもこの【クリスタルハーブ】を食べたいと主張していた。

「仕方ないな」

俺はすっと【クリスタルハーブ】をパープルの目の前に差し出す。

普段《ふだん》大人しいパープルが珍しく自己主張をしたのなら、家族として叶《かな》えてやりたいからだ。

『…………♪』

【クリスタルハーブ】に糸を絡めると口元に持っていき食べ始める。非常に御機嫌なのか、身体を揺らしている様子はとても可愛《かわい》らしく、俺は思わず頭を撫でた。

しばらくして、食事を終えたパープルは、

『…………♪』

これまで以上に元気な様子を見せると、糸を出す。気のせいか、今までよりもキラキラしているような……。

「さて、休憩《きゅうけい》は終わりにしてもう少し進むとするか」

この場では判断がつかないので、俺は森の探索《たんさく》に戻るのだった。


段々、森の奥に進んでいくとパープルがハーブを発見する回数が減ってきた。

その代わりに……。

「うわ……嫌《いや》なモンスターが」

少し離れた木に巣を発見した。周囲を【パラライズビー】という小型のモンスターが飛び回っている。

このモンスターは縄張りに入ると襲ってくるのだが、大した攻撃力《こうげきりょく》こそないものの、刺《さ》された部分が麻痺《まひ》してしまう。数が多く、相手をすると少なからず攻撃を受けてしまうので、あまり近寄りたくはなかった。

「そういえば、こいつの巣は高級食材だったな」

そんなパラライズビーの巣は結構よい値で売れる。巣の中にパラライズビーが集めた蜜《みつ》があるし、巣自体も料理に使えるので人気があるからだ。

「どうにかパラライズビーだけ追い出して巣を手に入れられないか？」

できれば収集しておきたいと考えていると、数匹《すうひき》のパラライズビーが威嚇のためこちらに近付いてきた。

――シュッ!!――

耳元で風切り音がしたかと思うと、糸が伸びてパラライズビーを捕《とら》えた。

「えっ？」

一瞬、何が起こったのかわからず隣《となり》を見ると、

『…………♪』

パープルが糸で捕えたパラライズビーを食べていた。

これまでハーブや植物にしか興味を示さなかったので、てっきり草食系なのだと思っていたので驚く。

仲間がやられたのを察知したパラライズビーが、巣から出てきて俺たちに襲いかかる。

その数は百匹《ぴき》を超《こ》えていて、流石《さすが》にこれだけの数ともなると傷を負う覚悟《かくご》を決めなければならないと剣を構えたのだが……。


――シュッ!!　シュシュッ!!　シュシュシュシュン!!　シュバッ!!――


近付いた瞬間にパープルが出す糸に搦《から》め捕《と》られ、パラライズビーは無力化していく。

次々と食事をするパープル。「もっと食べたい」という意思が伝わってくるので、俺は巣へと近付いてく。

結局、すべてのパラライズビーを平らげたパープルのお蔭で、俺は労することなく巣を手に入れるのだった。


『………Zzz』

クリスタルハーブとパラライズビーを食べたパープルは満腹になったのか、眠《ねむ》りに落ちている。

口から糸を出して全身を俺の肩に固定しているのだが、気のせいではなく糸の質が変わっている。

これまでの乳白色の滑らかなものから透明で硬《かた》い糸へと。これがクリスタルハーブを食べた影響《えいきょう》なのかパラライズビーを食べた影響なのかはわからないが、ここで考えたとしても結論は出ないだろう。

テイマーギルドにレポートを提出して考えてもらった方がよい。

森で活動するメインのパープルが眠ってしまったので、今日の探索を切り上げようと出口へと向かう。

パープルの案内に従って進んだから、人が立ち入らない森の奥まできてしまったので戻《もど》るのに時間が掛かる。

そんな中、俺は視界の端《はし》に広場があるのを発見した。

森の中にある開けた場所となると先程のクリスタルハーブを思い出す。

「少し休みたかったしちょうど良いか」

そうでなくても大量の収集品とパープルを肩に乗せて歩いている。疲労《ひろう》が溜《た》まってきているので腰《こし》を下ろしたいと考えた。

そんなわけで広場へと出たのだが……。

「ん？　あれは？」

何やら、中心に何かが落ちているのを発見する。赤い模様が浮《う》かんでいる、一抱《ひとかか》え程の卵。

一瞬《いっしゅん》、コカトリスの卵かと思い喜んだが、よく考えるとコカトリスは卵を産んだあと近くを離れることはない。

俺は周囲を警戒《けいかい》しながら近付くと、その卵に触《ふ》れる。

『Sランクアイテム【フェニックスの卵】を収集しました』

魔導具の表示を見た俺は目を丸くする。

「……どうしよう？」

俺はフェニックスの卵を前にして迷っていた。

本来の目的は二次試験突破のためのレアアイテムを収集することだったのだが、まさかこんな森の奥《おく》にSランクアイテムが無造作に置かれているとは……。

リストにはないので対象外だが、Sランクアイテムともなれば一生に一度お目にかかれれば幸運とも言われている。売れば一生遊んで暮らせる金が手に入るのは間違いない。

「……もしかしたら女神《めがみ》ミューズからの贈《おく》り物の可能性もあるよな？」

最初に力を与えたと言っておきながら、その後特に接触《せっしょく》してくることもなかったので気になっていたが、これが支援《しえん》だと考えれば納得《なっとく》がいく。

だとすれば、俺《おれ》のスキルを使ってこいつを『孵化《ふか》』させなければならないのだろう。

「もしそうだとすると、試験の途中《とちゅう》だけど優先するしかないか……？」

ぼやぼやしている間に卵が割れてしまったりする可能性もある。

「せっかく、試験が楽しくなってきたところなんだが……」

俺は少し悩んだ末、フェニックスの卵を孵化させてみることにした。


「さて、準備もできたし始めるか」

卵を持ち帰った翌日。俺は古びたアパートの一室を借りた。

これまでは宿暮らしだったのだが、卵を孵化させるとなると極力他の人間の目に触れたくなかったからだ。

俺の予想では、フェニックスの卵を孵《かえ》すには結構な時間が掛かると踏《ふ》んでいる。

その間、一時たりとも卵から離れるつもりはないので、こちらの方が都合が良いのだ。

「水と食糧《しょくりょう》の確保はできたし、セリアにも手紙を書いた」

アパートを借りたことを告げ、訪ねてくる時に食糧を買ってきて欲しいと書いておいた。

勉学に励《はげ》む妹に頼《たの》むのは気が引けたが、緊急《きんきゅう》事態ということもあり甘えさせてもらうことにする。

「さて、やるかな？」

俺は孵化の力を卵へと注《そそ》ぎ込み始めた。

「くっ！　きつい！」

マジックワームの卵はアイテムランクがEで、マジックワームのモンスターランクもEと連動している。

初めての時、マジックワームの卵を孵化させるのに強烈《きょうれつ》な疲労を覚えたので、Sランクアイテムともなればその比ではないのは予想していた。

「うっ……熱くなってきた！」

そうこうしている間に、フェニックスの卵は熱を持ち始める。

先程《さきほど》までは温《ぬる》いくらいだったのだが、今は熱した石くらいになっている。

俺は毛布を被《かぶ》せると卵を抱く。

「こうなったらどっちが先に音を上げるか勝負だ」

俺は孵化のスキルを使うとフェニックスの卵に力を流し込むのだった。

――コンコンコン――

あれからどれだけの時間が経《た》っただろうか？

俺は音に反応してドアを開ける。

「ああ、セリア。来てくれたか……？」

玄関前《げんかんまえ》にはセリアが立っていた。俺は久しぶりに見る彼女の顔に心が落ち着く。

「兄さん、凄く疲《つか》れてます？　後、その部屋……異常に暑いです！　私が感知できない

――魔力《まりょく》ではない力が溢《あふ》れてるように見えますし、兄さんが臭《にお》います」

「それは、魔力的な匂《にお》いか？」

俺が確認《かくにん》すると、セリアは首を横に振《ふ》り、

「いえ、普通《ふつう》に汗臭《あせくさ》いです」

鼻をつまみ、嫌そうな顔をするセリア。

「これ、兄さんに頼まれた食糧と水です。一体何をされているのですか？」

セリアはそう言いつつ、俺の脇《わき》から部屋の中を覗《のぞ》き込《こ》もうとしてきた。

「今は内緒《ないしょ》だ」

別に教えても構わないのだが、女神ミューズやフェニックスの話を始めると時間が足りない。

「むー、全然私に付き合ってくれないですし、兄さんは酷《ひど》いと思います」

セリアは頬を膨《ふく》らませると、俺を睨《にら》みつけてきた。彼女の頭を撫でて機嫌《きげん》を取ろうかと思ったのだが、先程「汗臭い」と指摘《してき》されてしまったので自重しておくことにした。

「悪いな、そのうち埋《う》め合わせはするから」

国家冒険者《ぼうけんしゃ》試験に没頭《ぼっとう》するあまり、妹との約束を蔑《ないがし》ろにしている後ろめたさもある。この件が落ち着いたら家族サービスをしなければ。

「約束ですよ！　その時は一日付き合ってもらいますから」

セリアはそう言って帰っていった。

俺は彼女との約束を果たすためにも、早く卵を孵化させなければと考え、室内へと戻った。

「…………ん？　んん？」

違和感《いわかん》があり目を覚ます。先日まで感じていた暑さが消えている。

「っ！　頭が……重い」

思わずふらつきそうになり、慌《あわ》ててバランスを取った。

「一体、何が……？」

気が付けば眠ってしまっていたようで、状況《じょうきょう》が把握《はあく》できないでいた俺だが、

「あっ！　卵が割れている！」

床にはフェニックスの卵の欠片《かけら》が散らばっていた。

「な、中身は⁉」

慌てて周囲を見回すが、生物らしきものは見当たらない。

狭《せま》いアパートの一室だ。隠《かく》れられるような場所はないはず。もしかして外に逃《に》げたのかと考えるが、ドアには鍵《かぎ》がかかっているし、窓や壁《かべ》が壊《こわ》れた様子もない。

一体どこに行ったのか？

俺が混乱していると、

『ピィ！』

頭上から声がした。

俺は両腕《りょううで》を頭部へと伸ばすと何やら温かいものに触れる。

それを掴んで眼前に持ってくると、そこには美しい橙色《だいだいいろ》の羽を生やした大きなヒナがいた。

『ピピピィ！』

ヒナがジタバタ暴れると、両手からするりと抜《ぬ》け落ち地面にボテッと着地する。

落ちたヒナは自らの脚《あし》で歩き近付いてくるとジャンプしてよじ登り膝《ひざ》にすっぽりと収まり、首を自分の羽に埋め目を閉じた。

「可愛いな」

あまりにも可愛い行動に俺は思わずヒナを撫でる。

確かな温かさが指に伝わり、孵化が成功したのだと実感がわいてきた。

「これが、フェニックスなのか？」

俺の疑問にヒナは一瞬目を開けるのだが、答えを返してこない。

「そうだ、ヒヨコでは駄目だったけど、モンスターならできるか試してみよう」

自分の『孵化』のスキルについて検証できるタイミングなので、やってみることにした。

「今日からお前は『フェニ』だ」

『ピィ！』

持ち上げたフェニックスのヒナに俺はそう名前を付けた。

《『フェニ』との従魔契約《じゅうまけいやく》が結ばれました。【火耐性《たいせい》（極）】【浄化の炎《じょうかのほのお》】【体力増加（中）】【自動体力回復（中）】【自己治癒《ちゆ》（中）】【火魔法《まほう》（中）】【威圧《いあつ》（中）】を獲得《かくとく》しました》

以前と同じく、女神ミューズに似た声が頭の中に流れる。やはり、同じ孵化を使ってもモンスターでなければ従魔にはできないらしい。

クラウス：人間
性　別：男
年齢《ねんれい》：十六歳《さい》
称号《しょうごう》：女神ミューズの祝福
筋　力：C
体　力：B
敏捷度《びんしょうど》：C
魔　力：D
精神力：C
幸　運：G
状　態：過労
スキル：『孵化』

付与《ふよ》：【魔力増加（小）】【火耐性（極）】New【浄化の炎】New【体力増加（中）】New
【自動体力回復（中）】New【自己治癒（中）】New【火魔法（中）】New【威圧（中）】New
テイミング：『マジックワーム』『フェニックス』New

「随分《ずいぶん》と……一気に色々増えたな」

久しぶりにステータスを開くと、かなり変化していることがわかる。

『筋力』『敏捷度』『魔力』『精神力』が一つランクが上がっており、『体力』に関しては一気に二段階ランクアップしていた。

フェニと従魔契約したお蔭か、付与の欄《らん》にも色々と能力が追加されている。

やはり、俺の『孵化』の能力は孵したモンスターと従魔契約を結べ、能力の一部が使用できるようになるようだ。

『ピィィィー』

甘えてくるフェニの頭を撫でながら、俺は自分の状態を見て眉根《まゆね》を寄せる。

状　態：過労

確かにここのところ、フェニックスの卵を孵化させるために無茶《むちゃ》をしすぎたようだ。

「とりあえず、無事に孵化できたし今日はゆっくり休むとして……」

その前に色々試《ため》しておきたいことがある。

「使えるってことだよな？」

ステータス画面の『付与』に出ている能力について、朧《おぼろ》げな感覚で使い方がわかる。

休む前に少し試しておきたいと考えた。

「まずは、この能力から試してみるか」

初めて使う能力に俺はワクワクしながら意識を集中する。

「【浄化の炎】」

次の瞬間、橙色の炎が俺を包み込んだ。

「優《やさ》しい色をしてるな……それに暖かい」

視界が橙《だいだい》に染まりところどころがキラキラと輝《かがや》いて見える。注目して見てみるとそれは何かが燃えて白光しているようだ。

「なんだか……段々身体がスッキリしてきたような？」

浄化の炎に包まれているからだろうか、先程まで感じていた、不快な汗《あせ》のベタつき、頭の痒《かゆ》みが薄《うす》れていく。ふと、足元を見てみるとゴミがあった。

ゴミは次の瞬間、白光を放つと消え失《う》せる。

「不浄《ふじょう》を燃やす炎ということだな」

このような能力、聞いたことがない。しばらくして炎が収まると、俺の身体は長時間風《ふ》呂《ろ》に入った後のようにポカポカしており、汚《よご》れ一つ残っていなかった。

「まだ、もう少し使ってみるか……」

身綺《みぎ》麗《れい》になると室内の臭いが急に気になりだす。セリアの指摘の通り、ずっと部屋に籠《こも》っていたせいで臭いが溜まってしまっていたのだろう。

俺は浄化の炎を出すと、室内を綺麗にしていった。

「うん、これならゆっくり休めそうだ」

まるで、神殿《しんでん》のように神聖な空気が漂《ただよ》っている。嫌な臭いは消え、香を炊《た》いたような良い香りが漂っている。

「もう少しだけ、頑張《がんば》ってみるかな?」

浄化の炎が素晴《すば》らしい能力だったお蔭で、他の能力についても試してみたくなる。

俺は暖炉《だんろ》を見た。薪《まき》が積んでありすぐにでも暖を取ることができる状態になっている。

何気なく右手を前に出し、力を込めると目の前に魔法による火が発生した。

「これが、魔法を使う感覚なのか……。セリアの気持ちがわかるな」

実家で、風呂に水を入れる際、彼女《かのじょ》に「面倒ではないのか?」と聞いたことがあるが「魔法は使う程《ほど》に上達しますし、無から何かを生み出すのは楽しいですよ?」と返事をもらった。

自然の一部を操るというのは普通の人間にはできないこと。魔法の万能《ばんのう》感に意識が高揚《こうよう》していく。

思わず、どこまで威力《いりょく》を高められるのか興味がわいたのだが……。

「おっと……こんなところで放ったらまずいよな」

俺は暖炉へと近付き、作り出した火で薪を燃やした。魔法の火が燃え移り、薪がパチパチと爆《は》ぜる。

ある程度強い火になったところで、俺は暖炉に手を突っ込んでみた。

「まったく熱さを感じないな……」

【火耐性(極)】の効果なのだろう。今の俺は相当な高温にも耐《た》えられるようになっている。

火の揺らぎが指に触れるのはわかるのだが、それ以外に熱さも寒さも感じることはない。

『ピイッ』

俺が得た能力についての検証を終えると、フェニが床を蹴《け》り暖炉へと飛び込んだ。

『ピーイーイー』

薪の上でゴロゴロと転がり気持ちよさそうな鳴き声を上げている。

フェニックスは火属性の幻獣《げんじゅう》ということで、火を浴びるのは心地《ここち》よいのだろう。

「苦労した甲斐《かい》があった……、これでようやく先に進めるな」

フェニの頭を撫でていると猛烈《もうれつ》に眠気《ねむけ》が押《お》し寄せてくる。

無理もない。過労の状態で浄化の炎に加えて火魔法も使ってしまったのだ。

「とりあえず……この後のことは……起きたら考えるとして……」

フェニックスの卵を贈ってくれた女神ミューズに感謝しながら、俺は意識を手放すのだった。

第三話

10

「久しぶりの外の空気は美味《おい》しいな」

俺は身体を伸ばすと周囲を見回した。

東門から出て向かうのは、歩いて数日程の場所にある鉱山だ。

目的は収集依頼《いらい》が出ているレアアイテム【スカーレットダイヤの原石】の入手。

第二試験終了《しゅうりょう》まで後一ヶ月。きつい日程ではあるが、まだ達成の可能性がある以上足を止めるわけにはいかない。

冒険者ギルドで調べたところ、このアイテムは火山口手前の鉱山で入手できるということなので取りに行くことにした。

『ピィー♪』

俺の頭に乗りながら、フェニが機嫌のよさそうな声で鳴く。

フェニにとって初めて見る外の世界なので、楽しそうだ。

「しかし、まったく疲れないな……」

先程から、やや早足で……ともすれば走るくらいの速度で移動しているのだが、まったく疲労を感じることがない。

これはおそらく、フェニと契約《けいやく》した際に得た【自動体力回復（中）】の効果なのだろう。

今朝起きた時にもステータスで確認したが、状態が『過労』から『万全《ばんぜん》』へと変わっていた。

どうやら寝《ね》ている間に体力が全快してしまったらしい。

「このペースなら一日で鉱山までたどり着けそうだぞ」

『ピィ！』

早く依頼をこなせば、早く王都に戻ることができる。

まだレアアイテムを一つも納品できていないので、時間があるに越《こ》したことはない。

余裕《よゆう》があると感じた俺はさらに速度を上げると目的地まで急いだ。

街道《かいどう》を走って数時間が経過したところで、俺は足を止める。

それというのも、目の前に敵の姿を確認したからだ。

「ここで、トロルが出るのか……」

二ヶ月前なら歓迎《かんげい》できたのだが、今更《いまさら》出てきてももう遅《おそ》い。

街道を塞《ふさ》ぐように三匹のトロルが立っていた。

移動速度が上がれば広範囲《こうはんい》を移動することになるので、その分敵との遭遇《そうぐう》も多くなる。

このタイミングでというのは嬉《うれ》しくないが仕方ない。

「放置しておいて次に通る人が被害《ひがい》に遭《あ》ったら可哀想《かわいそう》だし、討伐《とうばつ》するか」

戦ったのは今から二ヶ月以上も前。それも他の護衛の人たちとの連携《れんけい》をとってだ。

一人で三匹ものCランクモンスターとの戦闘をやったことはないのだが、今の俺は不思議と落ち着いている。

「いくぞ、フェニ。振り落とされないようにしろ」

『ピィ！』

剣《けん》を抜き、地面を蹴ると俺はトロルへと接近する。


――ザンッ！――

トロルが反応できない速度で斬《き》りつけ距離《きょり》を取る。父親から習った剣術《けんじゅつ》は高ランクモンスターにも十分通用するようだ。油断することなく三匹を視界にいれ動きを読もうとする。

『グオオオオオオオ！』

トロルが棍棒《こんぼう》を振り下ろしてきたので横に避《よ》け距離を取った。

「流石に、一人だと以前のようにはいかないか」

以前討伐した時はサポートということで、護衛リーダーの指示に従い、相手の戦力を削《そ》ぐことに徹《てっ》していた。

トロルの注意は護衛リーダーが引き受けてくれていたので、全力で斬りつけることができたのだが、今は俺しかいないので攻撃が集中してしまっている。

「だけど、あの時の俺とは違《ちが》う」

この試験の間、毎日モンスターと戦ったり森に籠ったりしていた。

さらに、フェニと契約したことによって得た力もある。決して無理な戦闘ではないと判断する。

「あれ……使ってみるか」

距離が開いているのを確認すると、剣を地面に突《つ》き刺し、右手を前に出して構える。

「【フェニックスフェザー】」

炎の羽が中空に生まれ、トロルたちへと飛んでいく。

『『グオッ⁉』』

まさか魔法が飛んでくると思っていなかったのか、良い牽制《けんせい》になった。

トロルは驚《おどろ》き声を上げその場で足を止める。

羽がトロルの身体全体に刺さり燃え始め、火の粉を振り払《はら》うのに必死だ。

この魔法は、フェニと契約したからこそ使えるフェニックスの魔法なのだが、俺自身まだ魔法を使い始めたばかりなので威力がそれ程高くない。

だが、トロルたちの意表をつくことはできたようで、足並みが乱れていた。

『ピイッ！』

「お、おい！　フェニ？　何を？」

俺の頭から、フェニは飛び立つとトロルの背後へと回り込む。

翼《つばさ》を広げ優雅《ゆうが》に旋回《せんかい》をしており、俺もトロルも一瞬フェニに気を取られた。

『ピーーーーーイッ！』

――ゴオオオオオオオオオ――

『『グアッ⁉』』

フェニは口から炎を吐《は》き出し、トロルの背中を焦《こ》がす。威力はそれ程でもないのだが、その場の二匹が振り返りターゲットをフェニに移した。

「チャンスだ！」

どうやら、フェニなりの援護《えんご》のつもりらしい。

空を制するフェニに対し、トロルは反撃《はんげき》手段を持っていない。

一方的に攻撃されてちょろちょろされることが癇《かん》に障《さわ》ったのか、完全にフェニに意識が向いている。

俺は今のうちに、こちらを向いているトロルに接近すると、ふたたび剣での攻撃を開始した。

トロルが振り下ろす棍棒に合わせて利《き》き腕《うで》を斬りつけ武器を落とさせる。

目が合った瞬間《しゅんかん》に右手を突き出し、火玉を作り出すと射出して両目を焼く。返す剣で脛を斬り、身動きを取れなくした。

ここまでの動きを数秒でやり遂《と》げる。

「凄《すご》い、身体が自由に動く」

これまでの戦闘《せんとう》で学んだ動きに、新しく加わったスキルのお蔭《かげ》で選択肢《せんたくし》が増えている。

有利な間合いを確保しつつ相手の戦力を削《けず》れるようになった。

『ピイッ！』

戻ってきたフェニが頭の上に収まると、

「これなら負ける気がしない！」

俺は、考え付く限りの行動パターンを試しながら、三匹のトロルを圧倒《あっとう》するのだった。

周囲に人の気配はなく、そこらにトロッコや手押《てお》し車《ぐるま》、シャベルやツルハシなどが転がっている。

ここ【ガルコニア鉱山】は既《すで》に放棄《ほうき》されてしまった鉱山だ。

全盛期《ぜんせいき》には多くの鉱夫が働いており賑《にぎ》わいをみせていたのだが、どこからともなくモンスターが出現するようになってから、発掘《はっくつ》どころではなくなり、人々も撤退《てったい》してしまったのだという。

そのせいかここを訪《おとず》れるのは、危険を覚悟で鉱石を発掘する人間や、俺みたいに誰《だれ》かの依頼で収集にくる冒険者くらいだ。

「ひとまず【スカーレットダイヤの原石】はどこにあるのか？」

このスカーレットダイヤというのは硬度《こうど》が高く、加工にとても手間がかかる宝石だ。

今回の依頼は細工師ギルドからで、何でもとある貴族の娘《むすめ》のデビュタントのドレスを飾《かざ》るのに必要らしい。

そんなわけで、俺は原石を求めて鉱山の入り口を通り、中に足を踏み入れた。

「フェニのお蔭で明るいな」

『ピィ！』

褒《ほ》めると嬉しそうにバサバサと羽を広げた。

鉱山の通路は思っていたよりも広く、足元には壊れているが線路があった。トロッコを動かすための線路だ。

おそらくこれに沿って進めば奥まで到達《とうたつ》できるのだろう。

フェニの身体から放たれる橙の輝きのお蔭で周囲の様子が見える。松明《たいまつ》を持たずにすむことで両手も空いている俺は、いつでも武器を抜けるように警戒をしつつ線路を辿《たど》っていく。

その間、周りの壁を見るのだが、特に原石の輝きはない。

この辺は、全盛期に掘《ほ》りつくされてしまっているので期待はできないだろう。

どんどん奥へと進んでいく。特にモンスターと遭遇することはないのだが、少し気温が上がったような気がする。

俺が獲得した【火耐性（極）】のお蔭か、熱には強くなっているのだが、それでも暑いと感じるということはそれなりに高温なのではないか？

『ピィイイ♪』

フェニが羽を震《ふる》わせ、気持ちよさそうな鳴き声を出している。

しばらく進んでいくと……。

「なるほど、こういう場所に通じているわけか……」

坑道《こうどう》を抜けると、そこは火山洞窟《どうくつ》だった。

ところどころでマグマが吹《ふ》き出し、蒸気が漂っている。

視界の先を見ると揺《ゆ》らぎが見え、視界が歪《ゆが》んでいた。

先程までの坑道とは違い、洞窟の中は広く、探索《たんさく》するのに不自由しない程度に地面もあり、先の方まで地続きとなっている。

『ピッピッピ♪』

「あっ、フェニ！」

フェニが俺の頭から飛び立ち、洞窟内を飛び回る。ここは高温なので、普通の人間にとっては常に窯場《かまば》の前にいるような地獄《じごく》なのだが、フェニにとっては快適な場所のようだ。

フェニはマグマの滝《たき》まで行くと気持ちよさそうにマグマを浴び始めた。

「流石はフェニックスだな。あの高温を喜んでる……」

俺は苦笑いを浮かべながらフェニを追いかけると、視界の端で何かが輝いた。

「ん？　これって、もしかして……？」

足元に転がっているのは赤く透明《とうめい》な石だった。


『Cランクアイテム【スカーレットダイヤの原石】を収集しました』


坑道を通り火山洞窟に到着《とうちゃく》するまでの数時間、これまで探していた苦労は何だったのかというくらいあっさりと目的のレアアイテムが手に入ってしまった。

「どうして誰も拾いに来ないんだろうな？」

こんなに簡単に手に入るのなら、誰かが回収していてもおかしくない。そんな疑問が浮かんだが、次の瞬間その疑問は解消した。おそらく拾いに来られないのだろう。

火山洞窟内部は相当の高温なので、立っているだけでも汗が流れ体力を消耗《しょうもう》してしまう。

俺みたいに【火耐性（極）】でもなければマグマを横にして平然としていられない。

なおかつ、ここにはモンスターも湧《わ》くはず。暑さと危険と得られる報酬《ほうしゅう》を天秤《てんびん》にかけるなら、冒険者も他の依頼を優先するはず。

そのことに気付いた俺がマグマ付近を探《さぐ》ると、回収できずに放置されている【スカーレットダイヤの原石】がごろごろ転がっていた。

「これなら、一人で必要分集められるんじゃないか？」

依頼詳細《いらいしょうさい》を読むと依頼元からは「可能な限り沢山《たくさん》の原石を」と書かれている。それだけデビュタントのドレスに懸《か》けていることが窺《うかが》える。

離《はな》れた場所を見ると、フェニは相変わらずマグマの滝で遊んでいるので放っておいても平気そうだ。

「よし、収集するかな」

俺はようやく発見したレアアイテムに意識を集中すると、収集を始めた。

★

『ピィ！　ピィ！』

フェニは気持ちよさそうな鳴き声を出しながら、流れてくるマグマを浴びていた。

フェニックスなので高温に耐性があるどころか元気になる。

しばらくの間、マグマの滝を楽しんでいたフェニだが、首を突っ込んでいる最中、その奥に洞窟があるのを発見した。

『ピピッ？』

好奇心旺盛《こうきしんおうせい》な様子で中へと入って行くフェニ。進むにしたがって周囲の壁は綺麗《きれい》になり、明らかに人の手が入っていた。

古代遺跡《いせき》と同じ文様が施《ほどこ》されており、ただならぬ雰囲気《ふんいき》を醸《かも》し出す通路を飛びながら奥へ向かったフェニは、突き当たりにぶつかる。

そこには大広場があり、誰も見たことがないような魔導具や金銀財宝で埋め尽《つ》くされていた。

『ピーイ？』

それらが何なのかよくわかっていないフェニは首を傾《かし》げるとしばらくのあいだその空間を飛び回っていた。

★

「よし、これ以上は入らないな」

リュックに詰《つ》めるだけスカーレットダイヤの原石を詰め込んだ俺は、切り上げ時と判断するとフェニを捜す。

「おかしいな……、どこまでいったんだ？」

しばらく目を離していたフェニだが、どうやら一通り散歩を終えたのか翼を羽ばたかせて戻《もど》ってきた。

「もう満足したか？」

戻ってきたフェニはクチバシに何やら咥《くわ》えている。どうやら剣のようで、鞘《さや》から見える部分は豪華《ごうか》な装飾《そうしょく》が施されている。

「剣？　一体どこから？」

火山洞窟は広い上に天井《てんじょう》が高い。おそらくどこかに落ちていたものなのだろうが、こんな場所にある割に綺麗な状態だ。

『ピィ！』

フェニは鞘からクチバシを離し、その剣を俺の前に置いた。

どうやら俺にくれるつもりのようで、つぶらな瞳《ひとみ》を俺に向け誇《ほこ》らしげな様子をみせる。

「ありがとうな」

『ピィ♪　ピィ♪　ピィ♪』

アゴを撫《な》でると気持ちよさそうに目を閉じすり寄ってくる。まだ生まれてからそれ程経《ほどた》っていないのに、随分と懐《なつ》いてくれたものだと思う。

俺はそんなフェニが愛らしくてしばらくの間撫で続けたのだが、いつまでもこうしていることはできない。

ひとまず、王都に戻ろうと考え、フェニがくれた剣に手を伸《の》ばすと……。

『Sランクアイテム【太陽剣】を収集しました』

魔導具が震え、そのような文章が表示されるのだった。

11

「よっ、なかなかの大荷物になったな」

リュックギリギリまで入ったスカーレットダイヤの原石と太陽剣を腰《こし》に差している。

行きは身軽だったので、帰りは時間がかかりそうだ。

「だけどまあ、これで一つ目のアイテムはクリアだな」

貴族の発注だけあってか、スカーレットダイヤの原石の注文数は多い。他の冒険者が納品したとしても大丈夫《だいじょうぶ》だろう。

順調に目的のアイテムを手に入れ、笑顔《えがお》で出口に向かう。明かりが見えたのでホッと一息吐きながら鉱山を出ると、目の前に巨大《きょだい》なモンスターが立ち、道を塞いでいた。

俺《おれ》を見ているのは【ゴーレム】だった。

高さ数メートル、岩でできた身体は硬《かた》く重いので、斬撃による攻撃《こうげき》はあまり効かず、打《だ》撃《げき》が有効と言われている。

Cランクモンスターということで、駆《か》け出しの冒険者は遭遇したらすぐに逃げることが推奨《すいしょう》されていた。

「やっと、鉱山から出たと思ったらこれか……」

入る時にはいなかったのだが、どこかに隠れていたのか、それとも何かに惹《ひ》かれ集まったのか？

入り口を囲むように十数体のゴーレムがいることからしておかしい。

「もしかして、こいつらの目的は俺が持つ【スカーレットダイヤの原石】か？」

ゴーレムは他のレア鉱石を取り込むことで成長し、身体を変質させるという話を聞いたことがある。

俺が火山洞窟からレア鉱石を持ち出したので、その気配を感じ集まったのだろう。

普通、これだけの数に囲まれたら勝ち目などないのだが、今の俺には新しく手に入れた武器があった。

「フェニ、これ持って避難《ひなん》してもらえるか？」

俺は鉱石がたっぷり詰まったリュックをフェニに預ける。

『ピーイ！』

フェニは頷《うなず》くと、両足でリュックを掴《つか》み羽ばたき、フラフラと飛びながら近くの崖上《がけうえ》へと飛んでいく。剣を運べるくらいだからある程度力があるかと思ったが、この量はまだ厳しかったようだ。

ゴーレムたちの視線がそちらに向く。どうやら俺の推測は当たっていたようで、こいつらの目的は【スカーレットダイヤの原石】だ。

レア鉱石を取り込みたいという本能が勝っているからか、俺をまったく脅威《きょうい》に感じていないからなのか？

すべてのゴーレムはフェニを追って崖下へと移動する。

今の内に抜けられそうな気もするのだが、せっかく相手が無防備な姿を曝《さら》してくれているのなら好都合。

俺はゴーレムの背後から近づくと、先程《さきほど》手に入れたばかりの『太陽剣』を抜いた。

「まるで羽毛《うもう》のように重さを感じない」

剣身がキラリと輝く。抜いてみてわかったが、太陽剣はとても美しい剣だった。

豪華な装飾に、いくつもの宝石が埋《う》め込《こ》まれている。

持っているだけで凄みを感じ、斬る意思を込めると淡《あわ》く輝く。

まるで武器と自分が一体となったかのように錯覚《さっかく》しそうになる。

「まずは最初だし思いっきりいってみるか」

同ランク帯のモンスターの中では飛び抜けた硬さを持つゴーレム相手に、俺の剣がどれだけ通じるかが知りたい。全力で斬りかかれる機会はそうそうないので、今後の参考のため思いっきり振《ふ》ることにした。

「ふっ！」

太陽剣はまったく重さを感じないので速く剣を振ることができる。

「あれっ？」

ゴーレムの足めがけて横に振るったのだが、何の感触《かんしょく》もなく振り抜けてしまった。

「もしかして間合いを間違《まちが》えた？」

いや、そんなはずはない。これだけ目の前にあるのだ、目を瞑《つぶ》って振っても外す方が難しい。

——ズズズズズ——

何か音がする。顔を上げ見てみると、

「おわああっ！」

ゴーレムがバランスを崩《くず》し倒《たお》れてきた。

咄嗟《とっさ》に避けた俺は、倒れているゴーレムの状態を確認《かくにん》する。

足が切断されており、表面がツルツルしていた。

「まさか、この剣のせい？」

今しがた放った斬撃が有効で、感触がなかったのは単に斬れ味が良すぎたからということになる。

試しに、俺はゴーレムに剣を突き立てるとゼリーにフォークを突き刺《さ》すよりも簡単に剣がゴーレムの身体に沈《しず》み込んだ。

そのまま横に動かしてみる。大して力を入れていないにもかかわらず、剣はスルリとスライドし、ゴーレムの胴体《どうたい》を斬り裂《さ》いた。

「流石《さすが》はSランクアイテム……途《と》方《ほう》もない威力だ」

Sランクアイテムは滅多《めった》に出回ることがなく、出たとしてもオークションに回されるので一般人《いっぱんじん》は目にする機会がない。

これ程の威力があるからこそ、金持ちは高ランクの武具をこぞって落札しようとする。

俺がゴーレムを一体倒したことで、崖上に意識を向けていた他のゴーレムたちが一斉《いっせい》にこちらに振り返る。

どうやら、ようやく俺のことを脅威だと認識《にんしき》したようだ。

「もっとこの剣の性能を試してみたいな」

腕を伸ばし襲《おそ》い掛《か》かってくるゴーレムに対し、距離を詰め横薙《よこな》ぎに払う。

そのまま横を駆け抜《ぬ》け、次々と腕を伸ばしてくるゴーレムの腕を斬り落とす。

重さも衝撃《しょうげき》もほとんど感じることがなく、素振《すぶ》りの稽古《けいこ》をしているような錯覚に陥《おちい》った。

「これなら、いくらでも相手ができるぞ」

これまでの戦闘で疲労《ひろう》が一切蓄積《いっさいちくせき》されていない。【自動体力回復（中）】の効果なのだろう。

ある程度の体力の消耗であれば、少しじっとしているだけで回復してしまう。

今の俺はかなり長時間動き回ることが可能なようだ。

その利点を活《い》かし、剣を振り、囲まれないように動き回る。

ゴーレムたちの動きはそれ程速くないので、常に先手を取り続けることができた。

「これ……本当に俺一人でやったんだよな？」

数十分は動き続けていた気がする。

どんどん集まってきたゴーレムを倒し続けていたせいで、鉱山入り口前には崩れたゴーレムの残骸《ざんがい》が散乱している。

俺は自分が倒したにもかかわらず唖然《あぜん》とした。

『ピーイ♪』

フェニがリュックを持って降りてきた。

「ありがとう、フェニ。助かったよ」

俺はリュックを受け取るとそのままフェニを抱《だ》きしめた。

『チチチッ』

アゴを撫でてやると気持ちよさそうな声で鳴く。

俺はリュックを背負い直すと、

「これ持っていると他のゴーレムも寄ってくるかもしれない、早めにここから離脱《りだつ》しよう」

フェニを頭に乗せると、王都へと戻るのだった。

「クラウスさん、その頭の上に乗っているのは何でしょうか？」

王都の冒険者《ぼうけんしゃ》ギルドに戻ると、受付嬢《うけつけじょう》が俺の頭を指差し、面をくらったような表情をしている。

『ピィ？』

フェニは自分のことかと返事をする。

「この子はフェニックスのフェニです。テイムしました」

俺は簡潔に答える。

「いやいやいや……どうして、フェニックスをテイムできたのですか⁉」

普段《ふだん》は冷静な受付嬢に突っ込まれる。孵化《ふか》のスキルを使って孵《かえ》したら懐かれたからなのだが、一から説明すると面倒《めんどう》なことになる。俺は誤魔化《ごまか》すことにした。

「ちょっと収集依頼で街の外に出てたんですけど、その時にたまたま孵化したばかりのフェニックスのヒナがいて、目が合ったら懐いてくれたんです」

受付嬢に説明をしながら右腕《みぎうで》を伸ばしフェニの首筋を撫でてやる。害がないことを周囲に示すためだ。

『チチチチチ』

フェニは気持ちよさそうな鳴き声を出した。

「可愛《かわい》い……いいなぁ」

「運がいい野郎《やろう》だぜ、フェニックスの卵だと？」

「ボイル伯爵家《はくしゃくけ》のドラゴンみたいなものだろ。あいつ一生安泰《あんたい》だな」

後ろで冒険者たちがヒソヒソと話しているのが聞こえる。半分は妬《ねた》みの視線を向けているのだが、残り半分はフェニの可愛らしさに熱い視線を送っている。

「それより、リストにあった【スカーレットダイヤの原石】の買い取りお願いします」

俺はさっさと目的を果たすことにしようと思い、カウンターに原石の入ったリュックを載《の》せる。

受付嬢はリュックの入り口を開けるとギョッとした顔をした。

「しょ、少々……お待ちくださいね」

真剣《しんけん》な顔をしながら、原石を取り出し始めた。

数分程経ち、リュックの半分の原石をトレイに並べた受付嬢は、

「こちらで引き受けられるのはここまでになります。残りはお持ち帰りください」

そう言ってリュックを返してきた。

「全部買い取っていただけないんですか?」

てっきり全部買い取ってもらえるものだと考えていた俺は、彼女に聞いてみる。

「あのですね、これ滅多に手に入らないレアアイテムなんですよ?」

受付嬢は溜息《ためいき》を吐くと説明を始めた。

「今回、依頼主《いらいぬし》から大量の発注があり、細工師ギルドに泣きつかれたので受けましたけど、滅多に見つからない原石なので必要数確保するのを諦《あきら》めていたくらいなんです。まさか、こんなに収集してきていただけるとは思いませんでしたよ」

あまりにも簡単に集まったので、どうやらこちらの感覚が麻痺《まひ》していたようだ。よく考えてみればCランクアイテムというのは滅多に入手できないからこそ、そのランクなのだ。火山洞窟の溶岩《ようがん》付近にはまだまだ転がっているとはいえ、知らなければ収集できるはずがない。

「おそらく、またそのうち依頼が入ると思いますのでその時まで取っておいてください」

返されてしまったが、レアアイテムということで無駄《むだ》にはならないだろう。

俺は受付嬢のアドバイスに従いアパートで保管しておくことにする。

「……それでは、こちらが報酬となります」

他の職員が報酬を運んできた。

今回、相当な量のスカーレットダイヤの原石を納めたからか、金貨が何枚も混ざっている。これまで生きてきた中で、金貨など見たこともなかったので俺は緊張《きんちょう》しながらそれを受け取った。

「それじゃあ、俺はこれで……」

周囲の目を気にしつつ、早くその場から立ち去ろうとしていると……。

「あっ、クラウスさん。お待ちください！」

「まだ何か？」

受付嬢に呼び止められてしまった。

「御提案《ごていあん》があるのですが、聞いていただけないでしょうか？」

彼女《かのじょ》はチラリと俺の頭上に視線を向けるとそう言った。

「提案ってなんですか？」

「クラウスさんは現在、国家冒険者の試験を受けている最中。間違いありませんよね？」

「ええ、先程納めたスカーレットダイヤの原石も、その試験課題のために取りにいったんです」

俺は彼女の言いたいことがわからず、とりあえず正直に答えておいた。

「そちらのフェニックスの……各部位はスカーレットダイヤの原石など及《およ》びもつかないレア素材となります。フェニックスは幻獣と呼ばれる存在ですので滅多に素材が市場に出回ることはありません。おそらく最低でもBランク以上の価値があります」

「は、はぁ……」

俺は彼女が何を言おうとしているのかある程度察し、曖昧《あいまい》な頷きを返す。

「もし承認《しょうにん》していただけるのであれば、ギルド側から依頼を発行しますので羽だけでもお譲《ゆず》りいただけないかなと……」

確かに、フェニックスはSランクという世界にほとんど生息していない、それこそドラゴンと肩《かた》を並べる希少種だ。

その素材は超高級品《ちょうこうきゅうひん》として扱《あつか》われていて、単純に金を詰めば入手できるものではない。

現状、後三週間で二種類のレアアイテムを入手しなければならずなかなか厳しい状況《じょうきょう》だ。

フェニックスの羽を納品物としてカウントしてくれるのなら一気に楽になる。

「残り三週間で二種類集めてくるのは現実的ではない気がするのですが？」

「確かに……そうなんですけどね……」

これは俺にとっても利がある提案だ。受付嬢の瞳に熱が籠《こも》り、俺の返事を待っている。

「でも断ります」

「な、なぜですか⁉」

受付嬢の大声に周囲が注目した。

「俺はフェニを大切な家族だと思っているので、家族の身を切ってまで合格したいと考えていないからです」

確かに、国家冒険者の資格を得ることは父親との約束だ。

だけど、俺が国家冒険者を目指したのは、父親と母親とセリア。大切な家族に笑顔でいて欲《ほ》しいからなのだ。

そしてそれはフェニや、今もテイマーギルドに預けているパープルにもいえること。彼女が目で訴《うった》えかけてくるのだが、俺は真剣な表情を浮《う》かべ見続ける。ここだけは絶対に折れるつもりはなかった。

「はぁ……どうやら意思は固いようですね。残念ですが諦めることにしま――」

受付嬢がそう言っている最中、フェニが俺の頭から降りカウンターに着地した。

『ピィ！』

フェニは俺の方を向くと鳴き声を上げ何やら主張してみせる。

そして、クチバシで自分の羽を数本毟《むし》ると……。

『ピピピ』

カウンターに置き、俺の前に差し出してきた。

「フェニ、これを使えって言ってるのか？」

『ピッ！』

羽を広げ返事をする。どうやら今の会話を聞いていて、自主的に羽を提供してくれたようだ。

「えっと……これで大丈夫でしょうか?」

俺は改めて受付嬢に確認する。彼女は間近に立っているフェニに視線を向けていたのだが、俺の言葉にハッとすると……。

「あっ、はい。問題ありません！　すぐに受付の処理をしますのでお待ちください」

そう言ってフェニの羽を受け取るとパタパタと動き出した。

しばらくして、手続きを終え戻ってくる。

「それでは、こちらが追加の報酬になります」

追加の報酬を差し出した彼女は嬉しそうな笑みを浮かべていた。

「それと……これはお願いなのですが……」

「何ですか?」

もじもじとしながら彼女はチラチラとフェニを見る。

「フェニちゃんを撫でさせてはもらえないでしょうか?」

「フェニ、良いか?」

『ピィ！』

確認を取ると、どうやら問題ないらしい。

フェニは受付嬢に身体を寄せるとじっとする。

受付嬢は緊張で手を震わせながら右手を伸ばしフェニの頭を撫でた。

「あ、温かくて柔《やわ》らかい。凄く触《さわ》り心地《ごこち》が良いですね」

「ええ、夜に抱いて寝《ね》るととても気持ち良いんですよ」

フェニを褒められて悪い気はしない。俺は旅の最中、フェニを抱いて寝ていた時のことを思い出した。

「ふふふ、可愛いですね」

『チチチチチチチ』

アゴを撫でられて気持ちよさそうにするフェニを見て、俺もあとで撫でまわさせてもらおうと考えるのだった。

12

「……ちょっと何を言っているのかわからないです」

係員さんは右手を前に出し、左手でこめかみを押さえつつ難解な顔をする。

「ですから、フェニックスをテイムしたので従魔《じゅうま》登録をお願いしたいんですよ」

『ピィ！』

俺の言葉とともに頭に乗っているフェニも返事をする。

「ちょっと前にマジックワームを従魔にしたと思えば、今度はフェニックスですか⁉」

まるで冒険者ギルドの受付嬢のような反応をされ苦笑いをしてしまう。

「たまたまフェニックスの卵が孵化する場面に居合わせるなんて、クラウスさんは女神《めがみ》の寵愛《ちょうあい》でも受けているのではないですか？」

係員さんの言葉にドキッとする。彼女は本気で言っているわけではないのだろうが、まさに女神ミューズから能力を授《さず》かっているので、冗談《じょうだん》と笑い飛ばすこともできない。

「ひとまず、登録自体はしておきますが、受け入れに関してはギルドに施設《しせつ》がありませんのでお待ちください」

係員さんが早速《さっそく》手続きをしてくれている間、俺は書類を埋める。

「わざわざ用意してもらえるんですか？」

「それは当然です、クラウスさん。フェニックスなんて幻獣《げんじゅう》、興味を持たないはずがないでしょう！　特別予算を組んででも施設を建造しますので！」

テイマーギルドはモンスターの生態研究も行っている。希少生物である程《ほど》、生態を調べる機会も少ないので、上層部を説得すると息巻いていた。

「フェニよかったな、特別に部屋を作ってくれるらしいぞ」

『ピイピイ！』

フェニに話《はな》し掛けるが、よくわかっていなそうだ。

「それで、パープルの様子はどうですか？」

俺は話題を変えると預けているパープルについて聞く。

「それがですね……、餌《えさ》は食べるんですけど、それ以外はずっと眠《ねむ》ってますね」

「ふむ」

フェニックスの卵を温め始める前にパープルをテイマーギルドに預けたのだが、その時から睡眠《すいみん》を摂《と》る時間が長くなっていた。

引き取ろうと考えていたのだが、そのような状況ならこのまま預かってもらっていた方が良いかもしれない。

「少し、様子を見させてもらってもいいですか？」

「はい、こちらに御案内《ごあんない》しますね」

係員さんに案内され、しばらくパープルの様子を見ると、俺とフェニはテイマーギルドをあとにするのだった。

テイマーギルドでパープルの様子を確認した翌日。

俺は西門から徒歩で数時間の湿地帯《しっちたい》に来ていた。

沼《ぬま》のところどころに草が生い茂《しげ》っていて、その上だけは歩くことができるのだが、目を凝《こ》らしてみても沼の深さはわからない。

足が着くくらい浅い場所もあれば底なし沼もあるらしい。そんな場所を訪れたのは、二次試験のアイテムを収集するためだ。

冒険者ギルドで受付嬢から「半日後にとある貴族が【ポイズントードの毒袋《どくぶくろ》】を注文する予定です」と情報をもらったのだ。

まだ、リストにも載《の》っていないので早めに行動すれば最後のレアアイテムを確保することができる。

俺が御礼《おれい》を言うと「フェニちゃんを撫でさせてもらった御礼ですから」と言われたので、フェニのお蔭《かげ》だ。

地面がぬかるみ、踏《ふ》みしめるたびに足が滑《すべ》りそうになる。俺は慎重《しんちょう》な足取りで沼に落ちないように進む。

「とりあえず、目的のモンスターはどこだ？」

先程から、周囲を小型の飛行モンスター【ミニフライ】が飛んでいる。羽がわりと硬くて、突撃《とつげき》されると肌《はだ》に少し傷がつく程度なのだが、名前の通り小さいので捕捉することが難しく、周囲を飛び回る厄介《やっかい》なモンスター。

湿地帯に入ると寄ってくることで有名で、このモンスターのせいで無傷で戻れないことが多いので、冒険者の間では嫌《きら》われている。

一応、ミニフライ避《よ》けのお香《こう》もあるのだが、それなりの値段がするから俺は使っていない。

本来なら、既《すで》に傷を負っていてもおかしくないのだが……。

『ピィ！』

フェニが高温を発しているお蔭で近付いてこない。

飛行モンスターの羽は薄《うす》く燃えやすい。ミニフライは弱いモンスターなので、フェニが発する高温に耐《た》えられないのだ。

邪魔《じゃま》されることなく標的に専念できるのはありがたい。俺が安心して湿地帯を歩き回っていると、

『ゲエエエエロォォォォォ！』

数十分程して、沼から水飛沫《みずしぶき》が立ち、巨大なモンスターが姿を現した。

紫色《むらさきいろ》をした身体の表面をぬらぬらとした粘液《ねんえき》が覆《おお》っている。

【ポイズントード】と呼ばれるCランクモンスターで、この湿地帯でもっとも厄介な相手だ。

「よしっ！　こいつだ！」

俺は標的の出現に笑《え》みを浮かべる。

『ゲエエエエロォォォォォ！』

現れるなり、ポイズントードは身体をのけ反らせると何かを吐《は》く動作をする。

「毒液か⁉」

咄嗟にそう判断した俺は、相手の動きを見極《みきわ》めると横に飛んで避けた。

避けた地面に生えている草が湯気を立て萎《しお》れていく。

「やっぱり厄介な相手だな……」

まだ距離《きょり》が離れているので剣《けん》で攻撃できない。ポイズントードとの戦闘《せんとう》のやり辛《づら》さはここにある。

毒液を飛ばしてくるので躱《かわ》し続けなければいけないのだが、沼に落ちる可能性もあるのでそちらも警戒《けいかい》しなければいけないという。

討伐《とうばつ》するには近接武器だけでは不利なのだ。つい先日までの俺ならば、手の打ちようがなかったが、今の俺ならば対処できる。

俺は右手を前に出すと攻撃を仕掛《しか》けた。

「【フェニックスフェザー】」

『ゲロロロロロロロロロッ⁉』

ポイズントードが驚《おどろ》き飛び上がる。

炎《ほのお》の羽根が飛び、ポイズントードを直撃《ちょくげき》する。心なしか以前撃《う》った時よりも威力《いりょく》が向上しており、今の一撃で大きなダメージを与《あた》えたようだ。

『……ゲロォ』

弱っているとはいえ、まだまだ油断はできない。ポイズントードは牽制《けんせい》のつもりか毒液を飛ばしてきた。

俺はどちらに飛んで避けるか考える。

確実な足場となるとポイズントードとの距離が開いてしまう。そうなると沼に逃《に》げ込まれてしまうので判断が難しかった。

『ピーーーーイッ！』

次の瞬間《しゅんかん》、フェニが【浄化《じょうか》の炎】を使った。フェニが展開した炎の壁《かべ》に毒液が当たり一《いっ》瞬《しゅん》で蒸発した。

『ゲゲゲッ⁉』

これに驚いたポイズントードは舌を出し呆然《ぼうぜん》としている。今がチャンスだ。

俺は太陽剣を抜くと一気に距離を詰めポイズントードを斬《き》り倒した。

「しかし、こういう使い方もできたんだな……」

ポイズントードを倒して剣を鞘に納めると、鎮火《ちんか》していく浄化の炎を見た。

浄化の炎はすべての不浄《ふじょう》を焼き尽くすらしく、その効果は毒に対しても有効なようだ。

「これなら、今後はこの手の依頼《いらい》も受けられそうだな」

一応、解毒《げどく》ポーションの用意はあったが、毒をおそれる必要がないのはありがたい。戦闘時に『避ける』という選択肢《せんたくし》を選ばなくて済むだけで随分《ずいぶん》と楽になるからだ。

俺はポイズントードの解体をすると中から『毒袋』を取り出した。


『Cランクアイテム【ポイズントードの毒袋】を収集しました』


「これでよし、フェニのお蔭で随分と助かったよ」

『ピィピィ♪』

頭に手を伸ばし触《ふ》れると甘《あま》えてくる。俺はしばらくのあいだ、フェニを労《ねぎら》うのだった。

「おめでとうございます。これで二次試験突破《とっぱ》となります」

冒険者ギルドにて受付嬢に毒袋を提出すると、俺はホッと胸を撫でおろした。

「ありがとうございます。これも、情報をいただいたお蔭です」

「いえいえ、こちらとしても早く納めていただけて助かりましたので」

受付嬢は笑顔を向けてきた。

「それにしても、そのまま納品に来たにしては随分と綺麗ですね。よほど上手《うま》く戦ったのでしょうね？」

湿地帯での戦いと解体で随分と汚《よご》れはしたが、それらの汚れは浄化の炎で落としてある。

今の俺とフェニは風呂《ふろ》に入った後のように綺麗になっていた。

「まあ、フェニと連携《れんけい》して何とか……」

俺はひとまず誤魔化しておくことにする。彼女も何か感じ取ったのか一瞬《いっしゅん》黙《だま》り込むのだが、すぐに真剣な表情を浮かべると書類を手に話を続けた。

「それでは、クラウスさんは一次試験、二次試験を突破されたので本試験に進めるわけですがその前に推薦《すいせん》――」

「はぁはぁ。クラウスさん！　こ、こちらにいましたか！」

受付嬢と話をしていると名前を呼ばれ振り返る。

そこには切羽詰《せっぱつ》まった表情を浮かべたテイマーギルドの係員さんが汗《あせ》を流して立っていた。

「どうしたんですか、一体？」

これまで彼女のこのような表情を見たことがなかったので、ただならぬ様子に驚く。

係員さんは息を整えると、

「パープルちゃんが……。とにかく、急いでテイマーギルドにきてください！」

「あっ！　ちょっとっ！」

俺は彼女に手を引かれると、テイマーギルドに連れて行かれるのだった。


「これが……パープルなんですか？」

目の前には青みがかった半透明《はんとうめい》の物体があり、中には黒い影《かげ》が見える。

係員さんによると、この中にパープルがいるのだと言う。

「大量の餌を食べたかと思うと、突然《とつぜん》糸を吐き出してあっという間に全身を覆い始めて……」

係員さんが何があったか説明してくれる。

「これって、どういう状態なんですかね？」

モンスターの生態に詳《くわ》しいテイマーギルドの研究員に聞いてみる。

「何分、マジックワームをテイムしたのはクラウスさんが初めてなので……何とも……」

研究員は表情を曇《くも》らせると言葉を濁《にご》した。

「現在、手が空いている者に過去に似たような事例がないか調べてもらっていますので、何かわかりましたら連絡《れんらく》します。クラウスさんは一度家に戻《もど》って――」

「俺にも手伝わせてください」

俺は研究員の言葉を遮《さえぎ》ると咄嗟に答えていた。

「えっ？　でも、調べるのに何日かかるかわからないんですよ？」

「パープルの身に何かあったらと思うと、家に帰っても休めないんです」

何もできないかもしれないが、せめて傍《そば》にいたい。

『ピ、ピィ』

フェニが寂《さび》しそうな声で鳴き俺を見る。心配しているという感情が伝わってきた。

俺は冷静さを取り戻すとフェニの頭を撫《な》でた。

「クラウスさんにテイムされて、パープルちゃんも幸せですね」

係員さんはそう言うと優《やさ》しい目をする。

「そんなことはないと思いますけど……」

思えば、田舎《いなか》の街にいたころからパープルには助けてもらってばかりいた。

これは恩返しなので、そのように言ってもらえるようなことではない。

「こうなったら、人を増やしましょう。職員に伝えて全員で原因を調べますよ」

テイマーギルドにはモンスターとの共存を望む人たちが集まっている。

係員さんが一声掛けると、多くの職員が集まり、パープルの身に起きている原因について調べ始めるのだった。


テイマーギルドの書庫にて俺たちは各モンスターの生態記録や資料について調べていた。

パープルがあの状態になってから二日、その間わずかな休憩《きゅうけい》しかせずに手掛《てが》かりを探している。

ギルド職員の疲労がピークに達しているのか、表情は陰《かげ》り、髪《かみ》には艶《つや》がなくなっていた。

パープルの傍には フェニが見守るように座《すわ》っている。

俺がパープルを心配する気持ちが伝わったのか、文句一つ言うことなくじっとしている。

「はぁ、駄目《だめ》だ。そろそろ限界、一度風呂《ふろ》に入りたいわね」

テイマーギルドの職員の一言をきっかけに、その場の全員が同意する。

「そうだな、せめて汗だけでも流せれば」

「服も汚れてるしスッキリしたいかな」

集中力が切れたのか、各々《おのおの》がそのような言葉を口にする。

「うーん、ここは一度、休憩を取った方がいいかもしれませんね……」

係員さんが俺《おれ》に同意を求めてくる。確かに、これだけ調べても進展しない以上、どこかで休みを取ることも必要だろう。

時間は惜《お》しいが、焦《あせ》ってもパープルの状態をどうにかできるわけではない。俺がそんなことを考えていると……。

『ピィ？』

「どうした、フェニ？」

フェニが顔を上げ宙に羽ばたいた。

「綺麗《きれい》な羽」

書庫内を優雅《ゆうが》に飛び回り、橙色《だいだいいろ》の粉をパラパラと周囲に巻き散らす。

「この落ちてくるのって火の粉なのかしら？　全然熱くないんだけど？」

「なんだか……とても気持ちいいような？」

最初はまばらだった火の粉だが、フェニが羽ばたくたびに数が増え、その場にいる全員の頭上から降り注ぐ。

「クラウスさん！　フェニちゃんは一体何を!?」

焦った係員さんは俺に詰《つ》め寄ってくる。室内を満たす橙の火の粉が書類を燃やしてしまわないか心配になったのだ。

「安心してください。どうやら皆《みな》の声が聞こえていたようで、フェニなりに役に立ちたいと思ったようです」

次第《しだい》に、皆の様子が変化した。

「何だこれ、汚れが蒸発していく」

「火の粉が触れたところの汗がとれてスッキリするわ」

「見ろ、机とかの染《し》みも消えていくぞ」

「皆さん落ち着いてください。これはフェニックスの固有スキル【浄化の炎】です。体内外の汚れを浄化してくれるんです」

俺が使っている【浄化の炎】よりも小さな火種なのに気持ちよさはそれ以上だ。

やはり本家本元の魔法《まほう》は威力が違《ちが》う。

「これが……フェニックスの能力、生命を司《つかさど》る幻獣と言われるだけのことはあるわね」

職員の一人が伝承を口にする。しばらくすると火の粉が消え、その場の全員がスッキリした表情を浮かべている。

『ピーィ!』

風呂上がりのように頬《ほお》が紅潮していて、疲労もやわらいでいるようだった。

皆の身体の汚れを浄化し終えたフェニは地上に降り立つと、ふたたびパープルの横に座る。

「ちょっと待って……？　それ、光ってない？」

職員の一人がパープルを指差すと、糸が虹色《にじいろ》に輝《かがや》いていた。

「もしかして、今のがきっかけで？」

フェニの【浄化の炎】をきっかけに変化が起きたのは間違《まちが》いない。

俺たちが見守る中、糸が裂け中から何かが出てくる。

益々《ますます》光が強くなり、俺たちは眩《まぶ》しさに目を瞑《つぶ》る。やがて、光が収まると……。

《『パープル』との従魔契約《じゅうまけいやく》がふたたび結ばれました。【魔力増加《まりょくぞうか》（中）】【魔力制御《せいぎょ》（中）】【風魔法《かぜまほう》（小）】【風耐性《たいせい》（小）】を獲得《かくとく》しました》

四枚の虹色の羽を生やした美しい蝶《ちょう》がいた。

クラウス：人間
性　別：男

年《ねん》　齢《れい》：十六歳《さい》
称《しょう》　号《ごう》：女神ミューズの祝福
筋　力：B
体　力：A
敏捷度《びんしょうど》：B
魔　力：C
精神力：C
幸　運：F
状　態：疲労
スキル：『孵化』
付《ふ》　与《よ》：【火耐性（極）】【浄化の炎】【体力増加（中）】【自動体力回復（中）】【自己治癒《ちゆ》（中）】【火魔法（中）】【威圧《いあつ》（中）】【魔力増加（中）】New【魔力制御（中）】New【風魔法（小）】New【風耐性（小）】New
テイミング：『フェニックス』『レインボーバタフライ』New

「どうやら、パープルに間違いないみたいです」

自分のステータスを確認《かくにん》した俺は、皆にこの蝶の正体がパープルだと告げる。

「まさか進化するなんて……」

係員さんは驚いた様子でパープルを見る。

『……♪』

ちなみにパープルは現在俺の肩に止まっている。マジックワームだったころと変わらずこの場所が落ち着くらしい。

触角《しょっかく》を動かすと俺の頬を羽で撫でる。甘えん坊《ぼう》なのは変わらないらしい。

「種族は【レインボーバタフライ】らしいです」

「レインボーバタフライって……Aランクモンスターじゃない!?」

「そうなんですか?」

流石《さすが》はテイマーギルドの職員だけはある。まさか名前だけでその存在を突《つ》き止《と》めるとは。

職員はどこかへ行ったかと思うと、図鑑《ずかん》を持って戻ってきた。

「これね、強力な魔《ま》法耐性《ほうたいせい》を持つモンスターで、主に大樹海や妖精《ようせい》の森などの秘境にしか存在していない超希少《ちょうきしょう》レアモンスター」

直接の戦闘能力こそ乏《とぼ》しいが、秘境まで入って行かなければならない上、滅多《めった》に見かけることがないのでAランクなのだと言う。

「マジックワームの進化先がそんなレアモンスターだったなんて……」

俺は思わぬ事態に驚く。

「だったら、養殖《ようしょく》しているマジックワームも、レインボーバタフライに進化できる可能性があるんじゃないですか？」

王都で飼育しているマジックワームでも同じようにすれば進化させられるのではないかと考えた。

「厳しいんじゃないかな？　元々、マジックワームは環境《かんきょう》の変化に弱いし、あれだけ数がいるマジックワームが全身に糸を巻き付けたという報告を聞いたことがないわ」

職員さんは「もしそんな話が聞けていたら真っ先に話しているからね」と補足する。

本来のマジックワームは糸を吐き出すだけ。それを回収して纏《まと》めたものを編み上げ布にしている。

「仮に同じように糸を纏ったとしても、環境の変化について行けず死んでしまう可能性の方が高そうだし」

「つまり、クラウスさんのパープルちゃんだからこそ進化できたということ？」

実際、うちのパープルは『孵化《ふか》』のスキルを使ったお蔭なのか環境の変化にも強く、どこにでもついてくることができた。さらに【パラライズビー】などのモンスターと戦って

も負けることがないので、進化の条件がある程度の強さを備えるということなら納得《なっとく》できる理由となる。

『…………⁉』

そんなことを考えていると、パープルが羽をパタパタと動かし、俺の眼前にくる。

「ど、どうしたの？」

『…………☆＃＄⁉』

「何やら手を出すように言っているようです」

姿は変わってしまったが、パープルとの意思の疎通《そつう》はできている。

俺はパープルの指示通りに両手を差し出した。

『…………☆☆☆！』

「嘘《うそ》……」

「綺麗」

パープルが羽ばたくたび、虹色の鱗粉《りんぷん》が俺の手に降り積もる。

フェニの火の粉よりもきめ細かく触れた感覚は砂のようだ。

しばらくして、てのひらいっぱいに鱗粉が溜《た》まり、満足したパープルが肩に乗ると。

魔導具が震《ふる》え、カードにこう表示されていた。

『Bランクアイテム【レインボーバタフライの鱗粉】を収集しました』

『ピィ♪』

『………♪』

目の前ではフェニとパープルが向き合って意思の疎通を行っている。

互《たが》いに視線を合わせ、フェニは鳴き声を上げ、パープルは触角を動かし羽をパタパタと揺《ゆ》らしている。

二匹《ひき》から伝わってくる雰囲気《ふんいき》は楽しそうで、仲良くできている様子に俺はホッと息を吐いた。

フェニが羽を広げると、パープルが宙を飛びフェニの頭に乗る。

『ピィピィ！』

『………☆♪』

パープルの触角がフェニの額に触れ、フェニも頭を動かしパープルとじゃれ合っている。

とても微笑《ほほえ》ましくて和《なご》む光景だ。

「コ、コホン」

咳払《せきばら》いで意識が引き戻され、俺は正面を向いた。

ここは先程《さきほど》までいた書庫ではなく、ギルドマスターの執務室《しつむしつ》。係員さんに連れてこられた。

「それで、クラウス君。もう少し詳しい話を聞かせてもらいたいのだが……」

目の前にいる四十代程の男性はテイマーギルドのギルドマスターのレブラントさんだ。

執務室には他に係員さんしかおらず、現在俺はパープルがこうなった原因について事情を聞かれている最中だった。

「資料によると、パープルはハーブを食べる以外は特に変わった様子はなかった。何の兆候もなしに急に進化するなんてあるのか？」

レブラントさんは頬を掻《か》くと、テイマーギルドで過ごしたパープルの生態調査報告書を読み、頭を悩《なや》ませる。

確かに、報告書から読み取るならその通りなのだが、俺には一つ心当たりがあった。

「あの……多分ですけど」

「うん？」

俺は調査書に書かれていない、パープルの行動について説明する。

「餌なんですけど、普通《ふつう》のハーブの他にクリスタルハーブを食べさせました」

「ク、クリ……？」

「どうしてそんなものを⁉」

係員さんとレブラントさんが大きく口を開いて驚く。

「えっと、森の奥《おく》で発見して、パープルが欲しがったので……つい」

「いやいやいや、売れば相当高額になるレアアイテムだぞ。それを与えるなんて……」

慌《あわ》てた様子を見せるレブラントさん。俺はもう一つ言わなければならないことがあった。

「その他にもですね、パラライズビーを糸で捕《ほ》獲《かく》して食べてました」

「マジックワームが自らモンスターを倒《たお》して食べるなんて、聞いたことがない‼」

これだけで、うちのパープルが特殊《とくしゅ》なのだと理解してもらえたようだ。

「つまり、レインボーバタフライに進化させるためには、マジックワームをテイムした上でクリスタルハーブを食わせ、モンスターを倒して強くする必要がある？」

「ギルドマスター、最後に浄化の炎も浴びる必要があるかもしれません」

係員さんが一連の流れを補足してくれた。

「どれだけ低い確率なんだか……。いや、クラウス君の言う以外にも方法があるのかもしれないが、とても現実的じゃない。これは迂《う》闊《かつ》に情報を公開できないな」

「ですね、もし試《ため》して成功しなかったら、クリスタルハーブなどというレアアイテムを失う分、相手も黙《だま》っていないでしょうから」

途中《とちゆう》でマジックワームが死んでしまったり、進化しなかったりすると情報を公開したテイマーギルドにクレームがきてしまうのだという。

「ひとまず、原因は不明ということにしておこう。検証のしようもないことだし」

「了解《りょうかい》です。そのようにします」

レブラントさんと係員さんは互いの目を見ると頷《うなず》き合う。

「それで【レインボーバタフライの鱗粉】についてなんだが……」

パープルがレインボーバタフライに進化した話が落ち着くと、レブラントさんはもう一つの件について触れてきた。

「これって、そんなに凄《すご》いアイテムなんですか？」

入手した際にBランクアイテムと出た以上、相当使える素材なのだということは察することができるのだが、これまで聞いたことがないアイテムなのでどのような用途《ようと》で使えるものなのか聞いてみた。

「レインボーバタフライの鱗粉は、高価な魔導具に組《く》み込《こ》まれる触媒《しょくばい》の一つとして重宝されています。ポーションなどの回復アイテムも、一度この鱗粉を通すと効果が倍増するらしく、錬金術師《れんきんじゅつし》にとっては垂涎《すいぜん》の品ですね」

係員さんは説明を続ける。

「また、武器を作る際、金属に混ぜれば魔力伝導率の良い魔力剣《まりょくけん》を作ることができ、精霊《せいれい》やゴースト系のモンスターに威力を発揮しますし、防具に使えば魔法に対する抵抗力《ていこうりょく》が格段にアップします」

「それって、かなり凄いことですよね？」

魔導具にも武器にも防具にも使えるとなると需要《じゅよう》が尽《つ》きることはないだろう。

「そこで相談なんだが、フェニックスの羽とレインボーバタフライの鱗粉の販売《はんばい》をテイマーギルドに委託《いたく》するつもりはないか？」

「委託……ですか？」

「元々、フェニックスを従魔にしたと聞いた時からこの提案をするつもりだった。条件面も決して悪いようにはしない」

レブラントさんは真剣《しんけん》な顔を俺に向ける。嘘を言っているようには見えない。

「テイマーギルドではモンスターの各部位を買い取りしています。とはいっても、無理にとるのではなく毛が生え変わったり、伸《の》びた爪《つめ》を切ったりなど従魔に負担にならないように配慮《はいりょ》してですが」

係員さんが説明を補足した。モンスターとの共存のため、他のテイマーも登録している従魔の部位を素材として扱《あつか》っているのだとか。

テイマーギルドは貴重な素材を確保でき、テイマーは直接自分で売り先を探さずとも資金を得ることができる。

従魔の種類によっては、食費や住居費がかさんだりするので、この辺のシステムはお互いにメリットがあることのようだ。

「テイマーギルド創設者のドラゴンの鱗《うろこ》もこちらで取り扱いしているんですよ」

俺が悩んでいると、係員さんは言葉を続ける。

このテイマーギルドを創立した貴族も、ドラゴンの鱗が生え変わるたびに確保してはテイマーギルド経由で販売をしているというのは有名な話で、その鱗のお蔭でこの国は良質の武器防具を揃《そろ》えることができる。

テイマーギルドが王国に認められているのは、ひとえにこの影響《えいきょう》がでかいのだろう。

「無理に鱗粉を出させるつもりはありませんが、手に入った分だけでよければ……」

パープルが自然に落とした分を回収して委託するのならばよいと判断する。

「そうか、その決断に感謝する」

レブラントさんはそう言うと頭を下げた。

レアアイテムをテイマーギルドに預けることはこちらにもメリットがある。

そうしておかないと、商人や貴族が個別に取引をしようと持ち掛《か》けてくるらしく、それをいちいち断っていたらいつまでたっても冒険《ぼうけん》に行くことができなくなるからだ。

あくまで、フェニやパープルに無理のない範囲《はんい》でしかレアアイテムを卸《おろ》すつもりがないので、テイマーギルドに窓口になってもらい、他の顧客《こきゃく》との調整を行ってもらうつもりだ。

俺はそのことについてレブラントさんに告げる。

「勿論《もちろん》だ。人とモンスターが仲良く暮らすことこそがテイマーギルドの存在意義だからな、任せてくれたからには悪いようにはしない。フェニもパープルもきちんと守るつもりだ」

レブランドさんの心強い言葉に俺は頷く。

「あと、もう一ついいか？」

「まだ何かあるんですか？」

話はこれで片付いたと思ったが、レブラントさんにはまだ用件があるらしい。

「クラウス君は確か、国家冒険者試験を受けているとか……」

「ええ、まあ」

「まだ推薦人《すいせんにん》が決まっていないのなら、私に推薦させてくれないかね？」

「推薦人……ですか？」

俺が首を傾《かし》げると、レブラントさんは怪訝《けげん》な表情を浮《う》かべる。

「君が二次試験を突破したことは彼女《かのじょ》から聞いている。これから本試験に進むには三人の推薦人が必要だろう？」

「あっ！」

そこで俺は、初めて思い出した。本試験の護衛依頼は上級国民三名の推薦が必要だったことに。

「もしかして、忘れていたんですか？」

係員さんの呆《あき》れたような表情が突き刺《さ》さる。

「どうしよう……？」

上級国民三名の推薦なんて簡単に手に入るようなものではない。パープルの問題が解決したかと思えば次の問題が発生した。

俺はどうすれば推薦人を集めることができるのか、頭を抱《かか》えることになった。

第四話

13

パープルが進化した翌日、俺は北門を出ると平原へと向かった。

今日の目的は進化したパープルの強さの確認と、フェニや俺と連携できるかどうかについてだ。

平原にはゴブリン・コボルト・オーク、たまにトロルが湧《わ》く程度なので危険は少ない。

ここ数日、建物内に籠《こも》っていたし、フェニやパープルの散歩も兼《か》ねればよいかと考えていたのだが……。

『ピィッ！』

『ゴブウウウウウウウウウウウッ！！！』

フェニの放つ【フェニックスフェザー】がゴブリンの身体を貫《つらぬ》く。

『………＃＃！』

『ガルウウウウウッ！！！』

パープルが糸を吐き、コボルトに巻き付けて上空に持ち上げてから地面へと落とす。

「俺の出番がない……」

空を制するこの二匹に素敵《さくてき》で勝てるはずもなく、モンスターは発見され次第倒《しだいたお》されていく。

流石はフェニックスとレインボーバタフライなだけはある。まだ成長途中だというのにDランクモンスターを寄せ付けもしない。

『ピッピッピ！』

『………♪♪♪』

飛んで行ってはモンスターを発見して狩《か》りまくっている。このままでは平原周辺のモンスターは全滅《ぜんめつ》してしまうのではないか？

敵ながら、この二匹に目を付けられたゴブリンやコボルトに少し同情して見ていると、

『ピ？』

『………！』

二匹は何かに気付いたように動きを止める。そして俺の方を見ると、フェニとパープルはそれぞれ足と糸で掴《つか》んでゴブリンとコボルトを運んできた。

「もしかして……くれるのか？」

『ピィ！』

『…………♪』

ぐったりとしたゴブリンとコボルトを眼前に突き付けられ後ろに下がる。

猫《ねこ》がネズミを捕《とら》えてきたかのような様子で、二匹はつぶらな瞳《ひとみ》を俺に向けてくる。

その目が「褒《ほ》めて褒めて～」と訴《うった》えかけていた。

「ありがとう、フェニもパープルも偉《えら》いぞ」

太陽剣を鞘《さや》から抜《ぬ》き、気絶しているゴブリンとコボルトに止めを刺す。

戦闘でのやり取りではなく、二匹が狩《か》ってきた獲物《えもの》の最後だけをもらったという点に若《じゃっ》干《かん》の後ろめたさを覚えた。

剣を鞘にしまうと、二匹が揃って頭を差し出してくる。

「二匹とも偉いぞ！」

俺は両手でフェニとパープルの頭を撫でてやると、

『チチチチチチチチチチチ♪』

『…………♪♪♪』

気持ちよさそうな鳴き声を出した。

俺はフェニとパープルが満足するまで撫で続けながら、

「この二匹が成長したら勝てるやつっているのか？」

遠い将来、自分よりもはるかに強くなるであろう二匹を想像しながら、負けていられないなと考えるのだった。


噴水《ふんすい》を見ながら俺は今後について考えていた。

一次試験と二次試験こそ順調に通ったものの、本試験を受ける要項《ようこう》を満たす方法が思いつかない。

『上級国民三名以上の推薦』これがなければ護衛依頼を受けることができず、現状で俺はレブラントさんの推薦しかもらっていなかった。

焦りを覚えるとともに、今だけは仕事のことは忘れるべきだと意識から排除《はいじょ》する。何せ今日は……。

「お待たせしました、兄さん」

顔を上げると目の前にセリアが立っていた。ワンピースに小さなポシェットを身に着けている。お洒落《しゃれ》な格好をしていて、妹は見違《みちが》える程《ほど》綺麗《きれい》になっていた。

「ああ、久しぶり。勉強はどうだ？　頑張《がんば》っているか？」

そんな彼女に対し、俺は保護者代理として学校生活について軽く話を振《ふ》ってみた。

「ええ、順調ですよ。この前行われた試験でも学年一位でしたから」

セリアはよくぞ聞いてくれましたとばかりに胸を張る。ドヤ顔をしているのが微笑ましい。

「それは凄い。偉いぞ、セリア」

「わっ！　に、兄さん……恥《は》ずかしいです」

故郷に住んでいた時のように頭を撫でてやると、セリアは顔を真っ赤にしてしまう。こういう反応は故郷の時と変わらず安心する。

最近ではフェニやパープルをしょっちゅう褒めて撫でているので、自然と手が動いてしまった。

「悪い、つい癖《くせ》で……」

彼女は距離《きょり》を取ると両手で頭を押《お》さえ、ジロリと睨《にら》みつけてくる。

「別にいいですけど……」

セリアは一度言葉をそこで止めると、思い出したかのように言う。

「まあ、兄さんの御《ご》活躍《かつやく》にはまったくかないませんけどね」

「俺の活躍って……？」

俺は聞き返した。

「まさか、フェニックスを従魔《じゅうま》にして国家冒険者試験も一次試験・二次試験と進んでいるなんて。新進気鋭《しんしんきえい》の期待の冒険者ということで、学校でもちょっとした噂《うわさ》になっていましたよ？」

セリアはそう言うと、大げさに溜息《ためいき》を吐《つ》いた。

「そんな噂が流れているのか……？」

セリアの学校は宮廷魔導師《きゅうていまどうし》を輩出《はいしゅつ》するエリート校。そんなところでまで噂されているということに驚《おどろ》く。

「実際人気があるらしく、ファンだと言う女子生徒もいます。良かったですね、兄さん」

セリアからの棘《とげ》がある言葉に反応に困る。

「まあ、彼女たちは実際の兄さんを知りませんからね。意外とだらしなくて服装にも無頓《むとん》着《ちゃく》で良く朝寝坊《あさねぼう》する」

何やら勝ち誇《ほこ》った態度で語るセリア。まあ、いくら有名になったからと言っても俺がだらしないのは本当だし、故郷にいたころは散々セリアに世話をしてもらったのは間違いない。

「と、とりあえず、いつまでもこんなところにいないで移動しないか？」

このまま延々とセリアの不満を聞かされ続けるのは良くない。俺は彼女の言葉を遮ると肩《かた》を押し歩き出した。


「ここが、王都でも人気のお店です」

セリアの案内に従って訪《おとず》れたのは、お洒落なカフェだった。

女性同士八割、男女二割の客層で、広い丸テーブルにはティースタンドが置かれている。

その場の誰《だれ》もが笑顔《えがお》で相手と話をしていた。男女客はすべてカップルのようで、そんな場所に妹と来ていることに気まずさを覚える。

「兄さん、何を頼《たの》みましょうか？　せっかくなので、できるだけたくさんのスイーツを食べてみたいです！」

セリアはこの状況《じょうきょう》がわかっていないのか、早速《さっそく》メニューに目を通すと何を注文するか悩んでいた。こうなってしまうと長くなると経験上知っているので俺は見守ることにする。

その間にも思考は国家冒険者試験へと向かう。一体どのようにすれば推薦人を集めることができるのか、他の受験生はどうしているのか……。

「……兄さん？」

「えっと……何だっけ？」

気が付けば結構な時間没頭《ぼっとう》していたようで、正面に座るセリアは青い瞳を俺に向けると不満げに頬を膨《ふく》らませていた。

「他に何か頼む物はあるか聞いたんです」

「いや、大丈夫《だいじょうぶ》だぞ。セリアの好きな物を頼んでくれて構わない」

俺がそう答えると、セリアはウェイトレスを呼び次々と注文をしていく。

その量たるや、二人で食いきれるかわからず戦慄《せんりつ》する。

「一応、私もバイトしてますから。ここの支払《しはら》いに関しては兄さんに頼《たよ》りきりにはしませんん」

俺が見ていると、彼女はコホンと咳払いをして恥ずかしそうな表情を浮かべる。

「どんなバイトをしているんだ？」

王都での妹の生活について保護者代理として知っておく必要があった。

「寮《りょう》の食堂での調理補助や清掃《せいそう》とか、他にも事務所のアシスタントなど、学校の敷地《しきち》内《ない》で募集《ぼしゅう》している仕事を空いた時間にですね」

「よくそれだけの仕事を器用にこなすものだな」

昔から頭の良い妹だったが、そういった細かい仕事は俺には向かない。聞いているだけで頭痛がする。

それだけのバイトをこなしながら学年首席を取ったと言うのだから本当に凄い。

「よし、ここは俺が出そう」

「話、聞いてました？」

セリアは俺を睨みつけてきた。

「学年首席のお祝いってことでいいだろ？」

冒険者稼業《ぼうけんしゃかぎよう》で稼《かせ》いでいるので元々出すつもりだったのだが、それを事前に言うと彼女が注文する品を遠慮《えんりよ》するから黙っていた。

「それなら、兄さんだって国家冒険者試験に――」

「まだ合格したわけじゃないからな」

彼女の反論を封《ふう》じ込める。しばらくの間悩んでいたセリアだが、

「わかりました。今回は御馳走《ごちそう》になります」

こういう時俺が引かないのを知っているからか、しぶしぶ了承《りようしよう》する。

「でも、兄さんが国家冒険者になった時にはしっかりとお祝いしますからね！」

ただでは奢《おご》られないとしっかりと釘《くぎ》を刺してくる。

「その時はセリアの手料理を振る舞《ま》ってくれよな」

果たして合格できるかわからないので、俺は適当に返事をしておいた。

「そういえば、今日はフェニックスを連れてきていないんですね？」

注文した品が届き、スイーツと紅茶を楽しみながら他愛《たあい》もない話をしていると、ふとセリアが気付いたように聞いてきた。

「ん、フェニのことか？」

「フェニ……と言うのですね、そのフェニはどうされたのですか？」

「フェニなら今日はテイマーギルドに預けてきた。他にもパープルって従魔がいるんだけど、生態調査も兼ねてな」

普通なら研究できないレアモンスターということで、預ける場合に費用は発生せず、それどころか協力金まで出してもらえる。

フェニを連れて歩いていた場合、周囲に注目されてこうして話すどころではなかっただろうし、従魔を連れて入れる店はそれ程《ほど》多くないので助かる。

「王都に来て早速従魔を二匹……。こう言うと失礼かもしれませんが、兄さんにテイマーの才能があったことに驚きです」

「まあ、俺もなってみるまではわからなかったからな……」

女神《めがみ》ミューズから『孵化』のスキルをもらったり、フェニックスの卵を御膳立《おぜんだ》てしてもらったりしたからなのだが、そのことについては身内でも話すのには慎重《しんちょう》にならざるを得ない。

「せっかくなので、噂の愛らしさを確認したかったのですが残念です」

フェニの愛らしさは冒険者ギルドやテイマーギルドでも人気で、人懐《ひとなつ》っこい性格もあるからか触《ふ》れたがる人は多い。

だが、レアモンスターということもあるので、接触《せっしょく》に関してはそれなりに気を付けており、知人でなければ断るようにしていた。

「そのうちどこかのタイミングで会わせることもあるだろうから楽しみにしているといい」

フェニやパープルと会わせたら、セリアがどのような反応をするのか興味があった。

「はい、楽しみにしていますね、兄さん」

スイーツと紅茶でお腹《なか》を満たした俺《おれ》たちは、店を出ると大通りを目的もなしに散歩する。

王都には様々な店があるため、こうして歩いているだけでも新しい発見があるので飽《あ》きることがないのだ。

事実、セリアは楽しそうにしながら、ウインドウに飾《かざ》られている品物を見ていた。

散歩をしながらも俺とセリアの会話は続く。

学校での生活や仲良くなった友人のこと。最初は慣れない王都での暮らしに苦労していたのだが、同室の娘《こ》に色々教えてもらったと言う。

基本的に平民の奨学生《しょうがくせい》と貴族の間には壁《かべ》が存在し、妙《みょう》な空気が流れているらしいのだが、セリアが学年首席を取ってからは貴族からの誘《さそ》いも増えたらしい。

今度、貴族のパーティーに招待されたという話になったところで、俺は彼女に聞いた。

「ちょっと待て。それって、デビュタントじゃないか？」

「よく御存《ごぞん》じですね？」

最近、ドレス作りをするために必要なスカーレットダイヤの原石を納めたばかりなのだ。まさかこのような形でセリアが関わってくるとは思わなかった。

「貴族の参加するパーティーに呼ばれたということは、ドレスが必要なんじゃないのか？」

「あっ……まあ……そうなんですけど……」

セリアは目を逸《そ》らした。俺ですら気付くのだから彼女が気付かないわけがない。

貴族からパーティーに誘われて断るようなことは失礼になるし、参加しようにもドレスがない。

誘った貴族にどのような意図があるのかまではわからないが、このままではセリアが恥《はじ》を掻いてしまう。

「セリア、今から行くところができたけど大丈夫か?」

「門限までまだ時間があるので平気ですけど……?」

俺は一度アパートに戻《もど》らなければならないので段取りを考える。

「それじゃあ、ここで三十分待っていてくれ」

返事を待たず、大急ぎでアパートへと走った。


セリアと合流した俺は、大通りにある服飾店《ふくしょくてん》に入る。

「兄さん、もしかしてドレスを買うつもりなんですか?」

黙ってついてきたセリアがサファイアの瞳を大きく見開く。

「ドレスなんて一着どれだけするかわかっているんですか? 私は兄さんに甘《あま》えてばかりいるのは嫌《いや》です」

彼女の言葉はもっともだ。ドレスを一着仕立てるのには安くても金貨数枚、高ければ金貨数十枚が必要となる。

一般的《いっぱんてき》な家庭なら、金貨十枚もあれば家族四人が一年暮らしていけるので、考えただけでもおそろしい金額だ。

セリアが尻込《しりご》みをするのはわかるが、最近の俺は割と稼いでいる。

フェニやパープルから採れる羽や鱗粉もテイマーギルドに卸しているので、ドレス代を支払ってもすぐに困窮《こんきゅう》することにはならない。

何より、俺が倒れている間献身的《けんしんてき》に看病してくれ、王都留学を諦《あきら》めようとしていた彼女に対し、まだまだ恩を返しきれていない。

「俺は父さんの代わりに王都に来ている。もし父さんがここにいたら、同じことをするはずだ」

そんな内心とは別にしても、父親から保護者代理を任されている。妹が恥を掻かないように生活を支援するのは、兄である俺の役目だ。

正面からセリアの視線を受け止めていると、彼女は溜息を吐く。

「そう言われたら何も言い返せません」

俺は早速店のオーナーに話を通すと、セリアが採寸をしている間に着るドレスについて相談を始める。

「予算は問題ありませんが、納期がなかなか厳しいですね。この時期はデビュタントのせいか混み合っておりまして……」

「そこを何とか、妹の晴れ舞台《ぶたい》なんです」

俺は必死に頭を下げる。

「デザインをシンプルにすればどうにかできなくはないのですが、それだと地味なドレスになりますな」

それではあまり意味がない。誘ってきた貴族たちから笑いものにされないドレスが必要となる。

「このスカーレットダイヤの原石を提供します」

俺はアパートから取ってきた原石をオーナーに渡《わた》す。

「スカーレットダイヤをちりばめたドレスはとある貴族の方が用意しているはず、今から同じように仕立てたとしても完成度で劣《おと》りますし、その貴族から睨まれてしまいます」

オーナーは青ざめた顔をしながらそう答えた。

確かに、その貴族の娘もパーティーに出るからには同じような装飾《そうしょく》を被《かぶ》せるのは良くないだろう。

「他に何かよさそうな宝石類はありませんかね？」

「そうですね……大抵《たいてい》の宝石類は今回のデビュタントで使われていますから、よほど希少な物となると今度は入手にかかる時間と予算の関係がありますし……」

俺からの無理難題にオーナーは悩む。

「兄さん、あまり無理を言って店の方を困らせないでください」

採寸を終えたセリアが戻ってきた。

「ドレスを仕立てていただけるだけで私は嬉《うれ》しいのです。先程は一度断ろうとしましたが、華《はな》やかな場所でドレスを着るというのは、女性なら誰もが憧《あこが》れることですから」

セリアは胸元《むなもと》に手を当てると嬉しそうな表情を浮かべる。そのような健気《けなげ》なことを言われると、益々《ますます》力になってやりたくなるのだが……。

そんなセリアの言葉を聞いたオーナーも、俺と同じように感じたらしい。

「そこまで言われたら是非《ぜひ》お力になりたい。ですが、レア宝石となると……」

Cランクアイテムでもパーティーの華となれるのだ、それ以上のランクのアイテムとなると入手する難易度が高いのは、試験で苦労した俺もよくわかっている。

「待てよ……？」

「何か良いアイデアでも浮かびましたか？」

オーナーが話《はな》し掛けてくるが、俺はアゴに手を当て考える。

「こういうのはどうですか？」

思いついた内容をオーナーに耳打ちする。

「それならば、確かに凄いことになると思いますが……実現可能なのですか？」

オーナーの言葉に頷くと、セリアとデザインを決めて店を出た。

「ありがとうございます、兄さん。お蔭《かげ》で素敵《すてき》なドレスでパーティーに出ることができそうです」

「惜《お》しいのは、着ている姿を見られないことだな」

オーナーが乗り気になってくれたお蔭で、ドレスはこれまで見たことがないような素晴《すば》らしい物になるだろう。

そんなドレスを着て、煌《きら》びやかな場所に立つ妹を見てみたいと思った。

「兄さんはいつも私のことを助けてくれます。王都の留学の件もそうですし、今回の件も……」

セリアは真剣な目で俺を見てきた。

「俺たちは家族だろ？　セリアが困っていたら俺が助けるのは当然だし、セリアだって何もしていないなんてことはない。王都についてからお前の存在がどれだけ励《はげ》みになったことか」

故郷を離《はな》れてからこれまで、順調に冒険者を続けてこられたのは、彼女が同じく頑張っていると知っていたからだ。

「私も、もっと兄さんの力になりたいです。護《まも》られるだけではなく、兄さんを護れる強さが欲《ほ》しい。だから私は、宮廷魔導師になるんです」

大切な者を護るために宮廷魔導師を目指す彼女。両親を失い失意を抱《いだ》いていたころに比べて随分《ずいぶん》と大人びた表情を浮かべるようになった。

それから、少し話して彼女と別れた。

「それにしても、心配だよな……」

今回は事前に話を聞けたから対策を打てたが、彼女は彼女で王都の洗礼を受けているのだと知る。

今後はセリアの状況に注意しなければならないと考えた。

14

セリアのデビュタント問題が片付いたところで、俺は推薦人《すいせんにん》を集める活動を再開した。

まずは冒険者ギルドを訪れると受付嬢《うけつけじょう》の話を聞くことにする。

「ええ、ですから本試験に進むためには上級国民三名以上の推薦が必要と説明をしようとしてたのに、出ていっちゃうんですもんね」

説明途中でパープルに問題が起きてテイマーギルドに向かってしまった。

「申し訳ありませんでした」

急を要する案件だったとはいえ、俺は彼女に頭を下げた。

「それで、他の受験生はどうしているかという話ですが、基本的には地道な冒険者活動による賜物《たまもの》ですね」

「と言うと？」

「依頼《いらい》の中には貴族と直接顔を合わせるものもあります。そういう依頼を受けて貴族や商人から評価されるような仕事をこなし、交渉《こうしょう》して推薦人になってもらうんです。向こうも推薦した人物が国家冒険者になるのなら悪い取引ではありませんから」

受付嬢はそう言うと俺をチラリとみた。

「もっとも、そういう方々は冒険者の人柄《ひとがら》を見ます。やらかしそうな人ではいざ問題が起きた時に責任を追及《ついきゅう》されますから」

それこそが問題だったりする。

一度の仕事では信頼を得られないので、継続《けいぞく》して仕事をこなして信頼を勝ち取る必要があるからだ。

「ちなみに、クラウスさん以外の受験生は既《すで》に推薦人を集めていますので、できるだけ急いだほうがよいかと」

「……わかりました」

俺は受付嬢に返事をすると冒険者ギルドを出た。


「どうするかな？」

必要な情報を得た俺は、近くの公園のベンチに座《すわ》ると空を仰《あお》ぐ。話を聞いても案が思《おも》い浮かばなかったからだ。

「クラウスだ」

声が聞こえ横を見ると、ケモミミを動かす少女――キャロルが覗《のぞ》き込んでいた。

「い、いつの間に……？」

いつからそこにいたのかまったくわからなかった。彼女は透《す》き通ったルビーの瞳を俺に向けてくると、

「こんなところでどうしたの？」

ごく自然に聞いてくる。

「実は、国家冒険者試験の一次試験と二次試験を突破《とっぱ》したんだけど、推薦人が集まらなくて困っている」

俺は現在直面している問題について彼女に話した。

「ふぅーん、推薦人集めってそんなに苦労したかな？」

ところが、彼女は首を傾げるとそう呟《つぶや》いた。

「いや……貴族や商人と接点がないし、地道に冒険者をしていれば可能かもしれないけど……」

それをするには時間が足りなかったりする。

「キャロルはどうやって推薦人を集めたんだ？」

目の前にいるのは俺が目指している国家冒険者の先輩《せんぱい》だ。苦労せず集まったと言う彼女の話を聞けば何か攻略《こうりゃく》の糸口が掴めるかもしれない。

「ウチの場合、推薦したいと名乗り出てきたから許可しただけ」

まったく参考にならない。

「ウチは今、後見人が百人を超《こ》えている」

試験を突破して国家冒険者になった場合、推薦人はそのまま後見人になる。

「ひゃ……」

こっちはたった三人の推薦人を集めるのに苦労しているというのに、随分と羨《うらや》ましい話だ。

「クラウスは出会いがなくて困っている？」

「まあ、言い方を変えるとそうなるな」

キャロルは口元に手を当てながら言った。

「だったら、良い仕事、紹介《しょうかい》しようか？」

◇

キラキラとしたシャンデリアの明かりが降り注ぎ、床《ゆか》にはレッドカーペットが敷《し》かれている。

大理石のテーブルの上には白磁の皿が重ねられ、豪華《ごうか》な料理が溢《あふ》れんばかりに盛り付けられている。

ここは貴族のみが借りることを許されているパーティー会場で、中にはセリアと同い年くらいの男女がドレスやタキシードを身に着け集まっていた。

本日はデビュタントということでパーティーの主役は彼《かれ》ら彼女らだ。

周囲の壁には警備員の証である首飾《くびかざ》りを身に着けた人間が立ち、不測の事態が起きないように目を光らせている。俺はそのうちの一人としてこの場に配置された。

警備とはいえ、パーティーの雰囲気《ふんいき》を損《そこ》なわないようにということで俺たちもタキシードを身に着けているのだが、どうにも落ち着かない。

先日、キャロルから紹介してもらった仕事が、まさかのパーティーの警備員だった。

元々は彼女が請《う》けていた仕事なのだが、ダブルブッキングによりどちらかを断らなければならなくなり、代役を探していたのだという。

自分が推薦すれば入り込《こ》めると言われ仕事を頼まれた。

本来国家冒険者にくる仕事だけあってか、パーティー参加者の中には上級国民が多数いる。彼女からは「推薦したウチのメンツを潰《つぶ》さないように」と釘を刺されてはいるが、ここできっかけを作れば一気に推薦人を集めることができるとも言われている。

「しかし、まさかこんな偶然《ぐうぜん》あるのか？」

俺は周囲をキョロキョロ見ると、ある人物を探す。

セリアから聞いていた日時からして、このデビュタントは彼女が参加するはずのパーティーだ。彼女の晴れ姿を見たいと思っていたので、思わぬ幸運。

段々会場に人が増えてきているのだが、一向に妹の姿が見えない。

「あの娘、全然出てこないじゃない」

「ドレスが間に合わなかったんじゃない？」

目の前で着飾《きかざ》った少女が何やら会話をしている。その内容が気になった。

「デビュタントは私たちが社交界にデビューする大事な場所よ。平民なんかお呼びじゃないのに」

「ちょっと成績がいいからって調子に乗っているのよ」

「身《み》の程をわきまえて欲しいわよね」

口元に手を当てクスクスと笑う。おそらくセリアのことを言っているのだろう。だとすると、彼女たちがセリアを誘ったという貴族だろうか？

キャロルからは警備の仕事をまっとうするように言われている。彼女たちに声を掛《か》けてもどうにもならず、内心で憤《いきどお》りを覚えていると……。

『わぁぁぁぁぁぁ』

会場が沸き立った。入場してきたのは赤いドレスを身に着けた少女だった。

「ポプキンス伯爵家《はくしゃくけ》のアンジー様よ。スカーレッドダイヤをちりばめたドレスがなんとお綺麗《きれい》なのでしょう」

「マダムフランシスがデザインしたドレスらしいわよ」

「希少な宝石を惜しみなく使った最高のドレス、素敵だわぁ」

気の強そうな目で会場を見回し、誇らしげな笑《え》みを浮かべ中央まで進む。

その場の視線を集め、話し掛けてくる他の参加者に応じている。

どうやら、このパーティーにおいて、身に着けている衣装《いしょう》の価値と容姿が重要らしく、その両方を兼ね備《そな》えたアンジーが、会場の主役の座を獲得《かくとく》したようだ。

先程《さきほど》、セリアのことを話していた貴族の少女たちも、今では主役と話そうと彼女《かのじょ》を取り巻いている。

しばらくの間、参加者たちはアンジーを中心に歓談《かんだん》をして楽しんでいたのだが、会場の扉《とびら》が開き、新たな入場者が入ってくると全員黙《だま》り込んだ。

「おい、なんだよ、あのドレス」

「シャンデリアの光を浴びて虹色《にじいろ》に輝《かがや》いている」

「見ているだけで吸《す》い込まれてしまいそう、まるで星空のような……」

夜空のような青と純白を交差させたドレス。ちりばめられている粒《つぶ》は虹色に輝き一時として同じ色彩《しきさい》にとどまることがない。

青空のような透き通った髪《かみ》には橙《だいだい》の羽根飾りをつけている。

「……綺麗だ」

誰かの呟きが耳に入った。

扉から歩いてくる彼女を見て、自然と笑みが浮《う》かぶ。この光景を両親にも見て欲しいとすら思った。

先程まで、アンジーに話し掛けていた者たちが一斉《いっせい》にセリアへと殺到《さっとう》した。

「嘘《うそ》でしょ……あれが、セリアなの？」

「実家は田舎《いなか》街の貧乏《びんぼう》一家のはずでしょ？」

「あのドレスの砂粒、それに羽根も……間違《まちが》いなく簡単には手に入らない代物《しろもの》よ」

先程、せせらわらっていた少女たちが悔《くや》しそうにセリアを睨んでいる。

他の参加者のように駆《か》け寄らないのは、自分たちがセリアに屈《くっ》することはできないプライドからだろうか。

（本当に良かった……）

セリアが身に着けているドレスについている砂はレインボーバタフライの鱗粉《りんぷん》だ。スカーレットダイヤを超えるＢランクレアアイテムで、虹色に輝く色彩は見ていて飽きることのない美しさ。

さらにフェニックスの羽根を使った髪飾《かみかざ》りもセリアの水色の髪とマッチしている。

どうやらセリアが最後の入場者だったらしく、彼女以上にインパクトのあるドレスを着た者が現れないので、妹がこの場の主役を独占《どくせん》していた。

遠くから彼女を見ているのだが、セリアは周囲の男女に笑顔を振りまき話し掛けながら談笑《だんしょう》をしている。

その姿は堂々としたもので、彼女なら心配ないと判断した俺は安心すると警備の仕事に専念した。


パーティーが始まってから数時間が経過した。

最初は中央のテーブルで談笑していた参加者も、今では椅子《いす》に腰《こし》を落ち着け、親しい者同士で歓談を楽しんでいる。

セリアはというと、会場で知り合った同い年の少女とお茶を飲んでいた。

パーティー会場の空気も緩《ゆる》み、警備の中には他に気を取られている人間も出始める。

俺はというと、警備が暇《ひま》になるにつれて、思考が国家冒険者試験《ぼうけんしゃ》へと向かった。

（どうにかして、後二名の推薦人《すいせんにん》が必要だが、今のところ、この警備の仕事を受けても繋《つな》がりを持てるチャンスはない）

何名か上級国民らしい大人の貴族や商人の姿が見えるのだが、こちらから声を掛けることもできない。

できるだけ、こちらの名前を憶《おぼ》えてもらえるようなきっかけを掴《つか》み、後日正式に会う約束を取り付けてじっくり話をするべきだろう。

そんなことを考えていると……。

「失礼、もしやあなたはクラウスという名前ではありませんかな？」

「はい、その通りですけど？」

話し掛けてきた人物を見る。俺の父親より少し年をとった、四十代の男性だ。

これまで彼と会った記憶《きおく》がないのだが、まるで親しい友人に話し掛けるかのように笑顔を向けてくる。

「いやはや、姿を見かけた時はまさかとは思ったのですが、勇気を出して声を掛けて良かった。私はロイド、この国の男爵《だんしゃく》をしております」

そう言って右手を胸の前にだし、優雅《ゆうが》な礼をしてみせる。

すると、視界の端《はし》で何かが動いた。数人の参加者が早足で駆け寄ってくる。

「私はドルトン、商会を経営しております」

「私はマンフリー」

「私は……」

彼らは俺に詰《つ》め寄ると一斉に名乗り始めた。

「ちょ、ちょっと、落ち着いてください！」

何が何やらわからず、俺は大声を上げ彼らを制した。

「えっと、御《ご》高名《こうめい》な皆《みな》さんに話し掛けていただき恐縮《きょうしゅく》なのですが、俺――私は現在警備の仕事をしている最中でして……」

状況が把握《はあく》できずにいる俺は、仕事中だということをアピールして距離を取った。

「それもそうでしたな。では用件だけ手短に告げましょう」

皆を代表してロイド男爵が用件を告げる。

「我々はクラウスさんの推薦人に立候補したいと考えているのですよ」

「俺の……推薦人にですかっ⁉」

思わぬ提案に驚き、大声が出てしまった。

「クラウスさんは現在、国家冒険者の資格試験に挑《いど》んでいるとか、その一助ができればと考えております」

「それは……確かにその通りなんですけど……」

話を素直《すなお》に受け取っていいのかがわからない。俺が言葉に詰まっていると……。

「そこまでにしておくのだな」

声がしてその場の全員が固まった。

現れたのは俺の父親と同い年程だろうか、鍛《きた》え上げられた肉体に自信に満ちた態度、その場にいるだけで他の人間が霞《かす》むような存在感を持った男だった。

「こ、これは……マルグリッド様」

マルグリッドと呼ばれた男性が俺に近付いてくると、周囲にいた人たちは避《よ》けて道を譲《ゆず》る。

「ここは若人《わこうど》のパーティー会場。大人が警備員相手に政治の話をするような場所ではない」

彼の一声で、俺の周囲に集まった人々はバツが悪そうな顔をして散っていく。

勢いに圧されそうになっていた俺は、周囲からの圧がなくなるとホッと息を吐いた。

「しかし、君はこの王都に来てからというもの、随分と目立っているようだな、クラウス君」

煙草《たばこ》に火をつけ吸うと息を吐く。その仕草がどうにも格好良く映る。

「俺のことを……知っているんですか？」

先程から現れる大人たちはどうも俺のことを認識《にんしき》しているようなので、そろそろ理由を知りたいと思った。

「田舎の街出身で、国家冒険者になるため王都に滞在《たいざい》、フェニックスとレインボーバタフライをテイムして、超希少《ちょうきしょう》レアアイテムを二種類も保有している。彼女のドレスに使われている素材も君が提供したのだろう？」

マルグリッドさんはアゴを動かすとセリアを見た。

確かにその通り、他の素材ではセリアが恥を掻《か》かされると思ったので、俺がドレスに使う素材を提供した。

レインボーバタフライの件は先日の話なので、テイマーギルド内でも箝口令《かんこうれい》が敷かれているはず。随分と耳が早いものだと驚《おどろ》く。

「貴族が持つネットワークを甘く見ないことだ。誰しも有益な情報の収集を行っている。派手に動けば、目を付けられて当然だろう？」

派手に動いた覚えはないのだが、結果としてフェニやパープルを従魔《じゅうま》にしてしまっているので反論はできない。

「それで、俺に用があるんですよね？」

他の人間を追い払《はら》ったにもかかわらず残っているのは、本題があるからだ。

「先程は推薦人を集めようとしていたようだが、あの連中は止めておけ」

マルグリッドさんは灰皿に煙草を押《お》し付け火を消すと鋭《するど》い目で俺を見た。

「どうしてですか？」

俺には推薦人が必要で、彼らがなってくれるというのなら断る理由がない。彼が断言する理由が知りたかった。

「いずれ君の方が立場が上になるからだ。そうなった時、今度は君が彼らの後《うし》ろ盾《だて》にならなければならなくなる」

推薦人と被推薦人《ひすいせんにん》の立場が逆転した場合、これまで推薦してくれた人たちの要請《ようせい》を断るのは不義理になる。よって、相手側が後ろ盾を求めてきたらよほどの事情がなければ断ることができないのだと説明をされた。

「それは知らなかったですけど、俺が彼らより上の立場になるというのはちょっと言いすぎではないですか？」

「言いすぎなものか、それだけ君がテイムしたモンスターには希少価値があるのだから」

「は、はぁ……」

断言するような言い方に、彼に見えていて俺に見えていないものがあるのだと気付く。

確かに心配してくれての忠告なのだろうが、そのまま受け入れるわけにはいかない。

「でも、俺は国家冒険者の資格を取得しなければならないんです」

父親との約束がある。

後二名推薦人を集めなければ護衛依頼を受けることができない。

「それについては私の方で手を回そう。誰《だれ》からも文句が出ない推薦人を用意するように配《はい》慮《りょ》するがどうかね？」

断言する様子に警戒心《けいかいしん》が引き起こされる。

「あの……あなたは一体？」

何者なのか？

それがわからない以上判断のしようもない。強い視線を向け、彼の返答を待っていると、

「私はマルグリッド。マルグリッド・デ・リッシュ。リッシュ伯爵家の当主で、国家冒険者機構の最高責任者だ」

彼は右腕《みぎうで》を胸の前に当て名乗った。俺は目の前の人物をまじまじと見てしまう。

もし話が本当なら、彼は俺が受験している国家冒険者の元締《もとじ》めということになる。

「それとも、私が用意する推薦人では不服かね？」

「いえ、先程もアドバイスをいただいたわけですし、そんなことはありませんが……」

俺が黙っていると、マルグリッドさんは顔を覗き込んでくる。

「推薦人の名前を聞いて不満があるようなら断ってくれても構わない」

「そこまで言うのなら……」

破格の条件だ。もし胡散臭《うさんくさ》いと感じたら断ってしまえばいい。そんなことを考えていると……。


――ガシャン――

グラスが砕《くだ》け散る音がして会場がざわついている。

その中心にいるのはセリアとアンジー。他には先程セリアのことを話していた少女たちだ。

彼女たちはセリアを取り囲むように立つとニヤニヤと笑みを浮かべている。

「ごめんなさい。手が滑《すべ》っちゃったわ」

アンジーの手には空になったグラスが握《にぎ》られていて、セリアのドレスにはワインの赤い染《し》みがついている。

「い……いえ……」

セリアは声を震《ふる》わせると、泣きそうな顔をしながらドレスを見ていた。

「替《か》えのドレスに着替《きが》えたらどうですか？」

アンジーはそんなセリアの顔を覗き込むと愉快《ゆかい》そうに提案する。

「そんな……替えのドレスなんて……」

セリアは顔を青くすると震えている。一着間に合わせるので精一杯《せいいっぱい》だった。替えなどあるはずもない……。

「もしかして、替えのドレスをお持ちでない？　こういった会場では今回のようなトラブルはよくあります。普通《ふつう》は替えのドレスを用意するものでしてよ」

アンジーは口元に手を当て微笑《ほほえ》むと、セリアにパーティーの常識を語る。

「良いことを思いつきました。セリアさんは制服をお持ちでしたよね。せっかく歓談も盛り上がっていたことですし、ここで切り上げてしまうのは失礼になります。制服に着替えてきてはいかがでしょうか？」

彼女は名案とばかりにそう提案する。

「そ……そんなの……」

誰しもが着飾っている中、制服で会場にいろというのは晒《さら》し者も同然だ。

だが、学校での、社交場でのパワーバランスから、セリアには断ることができない。

「クラウス君？」

俺は拳《こぶし》を握ると、辱《はずかし》めを受けている妹を見る。

「失礼、マルグリッドさん。先程の話は少しお待ちいただけますか？」

「構わないが、どうするつもりかね？」

マルグリッドさんが質問するが、俺はセリアから視線を外すことなく答える。

「ちょっと、行くところができたもので」

俺《おれ》は、目元に涙《なみだ》を溜《た》めるセリアの下へと急いだ。

「申し訳ありません、少々よろしいでしょうか？」

「何よ！　警備の人間が何の用？」

彼女たちに近付き声を掛けると、アンジーに睨《にら》まれた。

せっかく作ったセリアを責める場に、水を差されたのが気に食わなかったのだろう。

セリアは大きく目を見開くとまじまじと俺を見る。俺が警備で参加していることを話していなかったし、彼女が自然に振《ふ》る舞《ま》えるように気配を消していたからだ。

「こちらのお嬢様《じょうさま》のドレスが汚《よご》れてしまったと聞こえましたが、間違いありませんか？」

「ええそうよ、セリアさんはこれから制服に着替えてパーティーの続きを楽しむの。それとも、あなたが新しいドレスを用意するとでもいうのかしら？」

彼女はすまし顔で告げいやらしい笑みを浮かべる。周囲の取り巻きも口元に手を当てるとクスクスと笑っている。

「流石《さすが》に私にはドレスを用意することはできません」

急いでオーナーの店からドレスを持ってきたとしてもサイズが合わないだろう。

「でしょう、だったら――」

「ですが、こうすることはできます」

俺はセリアに近付く。遠目でも綺麗だったが、近付いてみるとうっすらと化粧《けしょう》をしており、まるで知らない女性のようだ。

「兄さ……」

目配せをして合図を送る。

手をドレスの汚れている部分につけ、意識を集中して【浄化《じょうか》の炎《ほのお》】を出す。

次の瞬間《しゅんかん》、赤い湯気が立ち上ると、

「なっ⁉」

ドレスに付着したワインの汚れは綺麗に消えていた。

「これでよろしいですか？」

「は、はい」

セリアの手を取って立ち上がらせる。まるで幻《まぼろし》でも見ているかのような潤《うる》んだ瞳《ひとみ》と熱い視線に、俺は落ち着かない気分になった。

「あ、あんた！　何を勝手に……」

「失礼、貴女《あなた》のドレスにもワインが付着していますね」

俺はついでに彼女のドレスの汚れもとってやる。アンジーは黙り込んだ。

「そこの警備員の君、ちょっとこちらに来てもらえるかな？」

事態が落ち着いたところで、俺はマルグリッドさんに呼ばれてしまう。

「それでは、引き続きパーティーをお楽しみください」

セリアの何か言いたげな視線を受けながら、俺はその場から離れた。

★

クラウスとマルグリッドが会場を離れた後、アンジーとセリアに嫌《いや》がらせを行った少女たちは白い目で見られて会場から退出した。

「何なのよ、あの男は！」

取り巻きの一人が苛立《いらだ》ちを口にする。わざわざ他校の生徒と協力して、セリアに恥《はじ》を掻かせようとしたのに、失敗したことで自分たちの立場が悪くなった。

「平民の娘《むすめ》の癖《くせ》に……たまたま良い素材が手に入ったからってパーティーの華になるなんて、身分をわきまえるべきなのよ」

「アンジー様」

アンジーの怒《いか》りを目《ま》の当たりにした少女たちは、腫《は》れ物に触《ふ》れるように下がった。

「あんたたち、もう一度あの子にワインをかけてきて。いいえ、そうね。料理を頭からかけてあげた方がいいかも。そのくらいしなきゃ気が収まらないわ」

貴族の娘がそこまで敵意を持って行動すれば、セリアはこの先学校での立場を完全に失うだろう。

少女たちもそこまでするつもりはなかったので互《たが》いに顔を見合わせる。

「早くして、あんな娘と一緒《いっしょ》のパーティーなんて虫唾《むしず》が走るわ」

少女たちが覚悟《かくご》を決めてセリアに料理をかけようと動く直前――

「それ以上無様な真似《まね》は止めたら？」

批難の声が聞こえた。

「……関係ないくせに口出ししてくるんじゃないわよ、メリッサ」

「あんたがアカデミーの恥をさらしてるから、忠告に来たのよ」

彼女の名前はメリッサ。アンジーと同じく、王都にある優秀《ゆうしゅう》な人間のみが在籍《ざいせき》できるアカデミーに通っている生徒だ。

彼女たちとアンジーの間には因縁《いんねん》があった。

「あの子のドレスが気に入らないからって、他校の生徒と組んでまで嫌がらせするなんて、相変わらず陰険《いんけん》よね」

メリッサは口元に手を当て笑うと、アンジーを見下した。

「そっちこそ、私にドレスで負けた癖によくそんなことが言えたものね」

アンジーは言われっぱなしで済ますつもりがないので言い返した。

「私はそこまでデビュタントにかけてないから。他に誇《ほこ》れるものがないって惨《みじ》めよね」

メリッサの挑発《ちょうはつ》に、アンジーは顔を真っ赤にする。セリアと同じ学校の少女たちは両者の顔色を窺《うかが》い、自分たちはどうすればいいのかわからないでいた。

「ちょっと学年首席だからって……あまりいい気にならないことね」

これまで、アンジーはメリッサに勝ったことがなかった。そのことが気に入らないのでアンジーはメリッサに食ってかかる。

「メリッサ、私と決着をつけなさい！」

「決着？　決着ならとっくについていると思うんだけど？」

メリッサは学年首席でアンジーは次席。入学以来その順番が入れ替わったことはない。

「今度の試験で面白《おもしろ》い情報が入ってきているのよね」

アンジーはそこで自分が得た情報をメリッサに開示する。

「これだけ大口を叩《たた》いたんだから、当然受けるわよね？　それとも、自信がなくて断る？」

アンジーは口元に手を当て笑い挑発する。

「上等よ、勝負でもなんでもしてやろうじゃない！」

パーティーが盛り上がる裏で、二人の少女は互いににらみ合うのだった。

★

「しかし、君は一体いくつの能力を隠《かく》し持っているんだ？」

あれから、マルグリッドさんの計らいで警備の仕事を解かれた俺は、別室へと案内された。

あれだけ目立ってしまうと警備も何もあったものではなく、この会場の警備責任者もマルグリッドさんだったので融通《ゆうずう》を利《き》かせてもらった形だ。

「まあ、色々とありまして」

女神《めがみ》ミューズの話については濁《にご》しておくことにする。

「……やはり早めに会っておいて正解だった」

何やら疲《つか》れた表情を浮かべるマルグリッドさん。もしかすると、キャロルがこの仕事を俺に紹介したのは……。

「それで、先程のこちらから用意する推薦人の話だが……」

マルグリッドさんは話を先程中断した推薦人の件に戻《もど》す。

「ええ、どなたに推薦していただけるのですか？」

彼が紹介する人物がどのような立場なのか気になった。

「ニコラス・デ・ベック、ドワイト・デ・ホール、エクゼビア・デ・マーティン、ダグラス・デ・ボイルの四人が名乗りを上げている」

マルグリッドさんは名前を読み上げ始めた。

「えっと、名前だけだとちょっとわからないのですが、どういった方々ですか？」

おそらく貴族なのだろうが、上級国民に縁《えん》がない俺は、名前を聞くだけではピンとこない。

「ニコラス・デ・ベックはこの国の宰相《さいしょう》、ドワイト・デ・ホールは軍務卿《きょう》、エクゼビア・デ・マーティンは財務卿、ダグラス・デ・ボイルはテイマーギルドの創設者だな」

おそろしい程《ほど》立場が上の人たちだった。確かに、俺がどれだけ出世したとしても立場がひっくり返ることはなさそうだ。

「えっと……それは……」

一体俺は何を期待されているのだろうか？

なぜ、国の中枢《ちゅうすう》にかかわる人物がこぞって推薦人《すいせんにん》になろうとするのか？

試験に合格した場合、後見人になるのだがデメリットは？

次から次に疑問が浮かぶと、俺を見ていたマルグリッドさんは……。

「勿論《もちろん》、推薦を受けるにあたって契約書《けいやくしょ》を取り交《か》わしてもらうつもりだ。その際、君に不利にならないように取り計らおう」

貴族と平民では立場が違《ちが》う。先程もセリアはその立場の違いのせいで理《り》不《ふ》尽《じん》な目にあわされていた。

「一つ、質問よろしいでしょうか？」

「何かな？」

俺は真剣《しんけん》な声を出し、マルグリッドさんを真っすぐ見据《みす》える。

「その人たちの推薦を受けたら、セリアの……妹の学校内での立場も向上しますか？」

彼は俺をじっと見て真意を探《さぐ》ると言葉を選んで話し始めた。

「上級国民の立場は、肉親がいかに影響力《えいきょうりょく》のある人物かによって変わってくる。君が栄進すればする程、妹さんの学校内での立場も向上することは間違いない」

先程マルグリッドさんが挙げた推薦人は、いずれも高名な人物ばかり。彼らに後ろ盾になってもらえば、セリアが困っている時に力になることができる。

「その話、お受けします」

俺の返答を聞いたマルグリッドさんは苦笑いを浮かべると、

「なるほど、決め手は自分の出世ではなく、家族のため。君がどのような人間かわかったきがしたよ」

それから、マルグリッドさんは推薦人との契約書や国家冒険者試験など諸々《もろもろ》の手続きについて俺に説明をしてくれた。

15

パーティーの警備から一週間が経過した。

あの日、マルグリッドさんが約束してくれた通り、翌日には俺は国家冒険者試験の本試験へと進むことができると通達を受けた。

本試験の護衛対象が決まるまで待機となったので、こうしてアパートで続報を待っているのだが……。

「ふふふ、可愛《かわい》いですね」

『ピィピィ！』

『…………♪』

ベッドにはセリアが横たわっており、フェニとパープルを指で突《つつ》いている。

フェニとパープルも嬉《うれ》しそうにそれを受け入れ、癒《いや》される空間が出来上がっていた。

セリアの姿を見るのはパーティー以来だ。学校が休みということで遊びに来た。

元々、フェニと会わせるという約束だったのでちょうど良い機会だった。

初めてフェニとパープルを見たセリアは、目を輝かせると二匹《ひき》を可愛がり始めた。

『チチチチチ』

『…………♪♪♪』

テイマーギルドで多くの人に可愛がられてきたフェニとパープルも慣れたもの、セリアからの接触《せっしょく》に対し、嫌がる様子も見せず愛嬌《あいきょう》を振りまいている。そんな二匹に気を良くしたセリアは、さらに二匹を可愛がる。

セリアは俺が教えた通り、フェニとパープルのアゴを撫《な》で続けている。

ひとしきり楽しんだセリアは、身体を起こしフェニを胸に抱《だ》くと俺を見た。

「それにしても、まさか会場に兄さんがいるとは思いもしませんでしたよ」

セリアは咎《とが》めるような視線を俺に送ってくる。その瞳は「いるなら声を掛けてください」とでも語っているようだった。

「先輩冒険者《せんぱいぼうけんしゃ》に急に頼《たの》まれたんだよ」

「それにしたって……もっと早く伝えてくれたらよかったのに。そうしたらもっと兄さんと一緒に……」

「俺はあくまで警備員としてあそこにいただけだからな？」

セリアが俺を頼《たよ》りにしてくれているのは嬉しいが、晴れ舞台《ぶたい》に俺と一緒になって壁《かべ》に背を付けている姿は想像しただけでもよくない。

「あんなタイミングで現れて助けてくれるなんて……格好良すぎです」

セリアはフェニの羽毛《うもう》に顔を埋《うず》めると何やら呟《つぶや》くのだが、声が小さくて聞き取れなかった。

「あれから、難癖《なんくせ》はつけられていないか？」

「ええ、あの後パーティーに参加されている中でも地位が高い方が周りの方々に釘《くぎ》を刺《さ》してくださったので」

詳《くわ》しい話を聞くと「私、そういう陰湿《いんしつ》なのって嫌《きら》いなのよね。仮にも貴族なら実力で黙らせなさいよ」とセリアを目の敵にしていたアンジーたちを批判したのだとか。

その日以来、セリアへの嫌がらせもなりを潜《ひそ》めているらしい。

「なるほど、それなら俺の気遣《きづか》いもいらなかったかな？」

マルグリッドさんから推薦人をつけてもらったが、力を借りる必要はないかもしれない。

「そんなことはないです。兄さんがいつも気にかけてくれているからこそ、私は頑張《がんば》れるんですよ」

セリアは青い瞳を潤ませて俺を見る。妹は俺に近付くと額を俺の胸に押し付ける。セリアが今どのような表情を浮かべているのかわからず気になっていると……。

――コンコンコン――


セリアは音に吃驚《びっくり》したようで飛び跳《は》ねるように離《はな》れると顔を真っ赤にしていた。

よもや来客があるとは思わなかった俺も驚いたので、心臓がドキドキと脈打つ。王都に来てからこのドアをノックしたのはセリアだけだったから……。

「はい、どちら様ですか？」

ドア越《ご》しに俺は相手の様子を探る。

セリアはフェニをギュッと抱きしめ、パープルがセリアの頭に止まりパタパタと羽を動かす。

彼女はドアから見えない位置に移動し息を潜めた。

「クラウスさんに手紙を届けに来ました」

ドアを開け、配達員さんから手紙を受け取る。

礼を言い、ドアを閉じるとセリアが興味を持ちこちらを見ていた。

「お父さんとお母さんからですか？」

セリアが手紙の送り主について推測を言う。

「いや、違うな」

手紙の差出人は両親ではない。

「だとすると、どなたからなのですか?」

王都で俺が滞在している場所を知る人間は限られている。俺の交友関係が気になるのか質問をしてきた。

「手紙を送ってきたのは国家冒険者機構だよ」

俺は手紙を開封《かいふう》し、中身に目を通しながらセリアにそう答える。

「そうすると……いよいよなんですね」

セリアが真剣な表情を俺に向けてくる。

「ああ、いよいよ俺の本試験が始まる」

手紙には集合日時と場所が記載《きさい》されていた。

第五話

現在、俺は王都のとある場所にきていた。

セリアの学校よりも広大な敷地《しきち》を持つ、王都で最大の学校――【ステシア王国王立アカデミー】だ。

この学校は、将来国の中枢を背負って立つ人材の育成を目的にしていて、事実、騎士《きし》や魔導師《まどうし》、錬金術師《れんきんじゅつし》に鍛冶師《かじし》など国の主要な分野を担《にな》うため、専門の人間を教師にしている。

在籍する生徒は九百人。受験倍率はおよそ五十倍前後ということで、毎年実に約一万五千人程が不合格の憂き目《うきめ》にあっているのだという。

入学するだけでも非常に厳しく、受かっているのは幼少のころより家庭教師を雇《やと》い英才教育を受けた者ばかりだとか……。

そんなアカデミーの敷地を歩いているのは、国家冒険者の本試験がここで行われると案内があったからだ。

流石にエリートが集まる学校、そこの生徒の視線を受けて気まずさを感じる。

生徒たちが見ているのは俺というより、頭上に乗っているフェニとパープルだ。

希少なモンスターということもあって注目されているのだが、中には眉根《まゆね》を歪《ゆが》めている生徒もいた。

レブラントさんやマルグリッドさんからも聞いていたが、すべての人間が従魔に対し好意的というわけではない。

この国でテイマーという地位が確立されて百年になるのだが、反テイマーの派閥《はばつ》も存在しているのだという。

特に貴族が集まるこのアカデミーには、確実にその子息女が在籍しているはずなので、当然の反応と言える。

「あっ！　あんた!?」

声がして振り返ってみると、アンジーが立っていた。

考えてみれば、あのデビュタントには地位の高い親を持つ貴族の子が多く参加していた。

彼女《かのじょ》がこのアカデミーに通っていてもおかしくはない。

「その節はどうも」

俺は極《きわ》めて事務的に会釈《えしやく》をして見せる。セリアを苛《いじ》めているのを見てしまった以上、彼女と笑顔《えがお》で接するつもりはない。

アンジーは俺を観察すると、頭部に視線をやり顔をこわばらせた。

「それ……従魔？」

「ええ、そうですよ」

俺の答えに彼女は息を呑《の》む。

「モンスターを使役《しえき》するなんて、野蛮《やばん》だわ」

嫌悪《けんお》を前面に押し出し俺を罵倒《ばとう》する。

「お前たち、何を揉《も》めている？」

騒《さわ》ぎを聞きつけて一人の男が近付いてくる。その胸元《むなもと》には国家冒険者を示す装飾《そうしよく》が施《ほどこ》された首飾《くびかざ》りがかかっていた。

「俺は今回の本試験を纏《まと》める試験官だ。お前が噂《うわさ》のテイマーだな？　じきに護衛対象も集まる。早くこっちにきなさい」

「ちょっと待って！　こいつが今回の護衛なの!?」

アンジーは顔を歪ませると試験官に詰め寄った。

「前途《ぜんと》ある私たちアカデミーの生徒に、危険なモンスターを近付けるなんて、国家冒険者はどういうつもりなのよ！」

アンジーの声は大きく、この場の全員がそれを聞く。中には彼女の意見に同意して首を縦に振る者も。

「このモンスターたちは従魔登録されている。テイマーは国が認めている職業だ。滅多《めった》なことを言うもんじゃない」

試験官が釘を刺してくれてホッとする。ただでさえ難易度が高い本試験で、アカデミーの生徒に反発されてはやり辛《づら》い。

俺が試験官について行く中、アンジーは少しの間その場に留《とど》まっていた。

「許さない……パーティーに続いて私に恥を掻かせた上、モンスターまで使役してるなんて……まとめて潰《つぶ》してやる……」

離れているので言葉こそ聞き取れなかったが、彼女の目を見ると背筋が冷たくなる。

(何事も起きなければいいんだけど)

俺は女神ミューズに祈《いの》りを捧《ささ》げると、無事本試験が終わることを願った。

アンジーとの再会の後、俺は試験官に連れられ、中庭へと来ていた。

中庭には現在、五名の国家冒険者《ぼうけんしゃ》と二十名の受験生が集合している。

俺たちはこれから護衛依頼《いらい》を受けるので、今回のリーダーである試験官の話を聞いていた。

流石は最難関と言われる国家試験らしく、この場に集まっている受験生の目には一切《いっさい》の緩《ゆる》みが見られない。

試験官の説明によると、今回の護衛依頼はアカデミーの試験も兼《か》ねているらしく、期間中の受験生の立ち居振《ふ》る舞いを見て合否を判断するそうだ。

俺たちとは別に、離れた場所に今回の調査に同行する護衛対象が立っていた。

護衛対象はアカデミーの生徒で、引率《いんそつ》の教師が生徒に話をしている。

セリアから得た情報では、ステシア王国王立アカデミーでは毎年、成績上位者を集めて野外試験を行うらしい。

つまり、あそこで話を聞いている生徒は、エリートが集まるこの学校の中でもさらに飛び抜《ぬ》けた生徒ということになるのだが……。

俺はその中にアンジーの姿を発見した。

「それでは、これより野外試験を開始する。それぞれ指定された馬車に乗り込《こ》むように」

教師が促《うなが》すと、アカデミーの生徒が馬車へと乗り込んでいく。

こちらに気付いているだろうに、アンジーは俺と目を合わせることなく馬車へと乗り込んでいく。

馬車一台につき三名。今から俺たち受験生は、二人一組のグループにわかれて三十人の生徒たちの護衛をすることになる。

アカデミーの生徒九百名の中から選ばれたエリート。魔法《まほう》が扱《あつか》えるのである程度の戦闘《せんとう》もできる。下手な冒険者よりも強いらしい。

そんなアカデミーの生徒もフェニやパープルが気になるらしく、目の前を通るたび嫌悪や好奇《こうき》の視線を向けてきた。

そんな中、俺が護衛する馬車にも三人の女子生徒が乗り込もうとする。

「今日から試験終了《しゅうりょう》までの間、よろしくお願いします」

俺には国家冒険者試験が、彼女たちにはアカデミーの試験がある。互いに上手《うま》く行くことを祈って声を掛《か》けたのだが、

「……あんたたちと慣れ合う気はないから」

先頭の気の強そうな少女にそう返された。

彼女たちは三人仲良く楽しそうに会話をしながら馬車へと消えていく。

今の発言に、何か問題があったのだろうか？　そんなことを考えていると……。

「けっ、学生さんはいいねぇ。親の金で安全に学べてよぉ」

俺とペアになった受験生が不満を口にした。名前はブレイズ。歳《とし》は三十代後半、剣《けん》を腰《こし》に差していることから剣士《けんし》のようだ。

「まあ、こうして安全を確保しながら学べるに越したことはないでしょう。俺たちの仕事は彼女らの身の安全を保障することですから、頑張りましょう」

気を取り直した俺は、せめて護衛のパートナーとは良好な関係を望むのだが、彼《かれ》は俺にも険しい目を向ける。

「てめぇも、あいつらと年齢《ねんれい》が変わらねえじゃねえか。強力な従魔のお蔭《かげ》で運よく本試験まで進んだんだろう?」

確かに、俺は二次試験でフェニの羽を納品しているし、推薦人《すいせんにん》にしても俺の冒険者としての実績ではなく、フェニやパープルという希少モンスターを従魔にしている点が評価されている。

彼の指摘《してき》は正しいので言い返すことはできなかった。

「はぁ、この歳になってやっと試験資格を得ることができたのに、ガキの御守《おもり》とガキの尻《しり》拭《ぬぐ》いとは俺も運がねえぜ」

ブレイズは頭を掻くと馬車の右側に立った。

「……はぁ」

護衛対象と護衛パートナーにも嫌われ、アンジーからも敵意を向けられている。

出発前から空気が最悪なので思わず溜息《ためいき》を吐《つ》いてしまった。

『ピィ？』

『…………？』

フェニとパープルが反応し、心配そうに顔をこすりつけてくる。

「大丈夫《だいじょうぶ》だよ、ありがとう」

俺は二匹に礼を言うと、進行を開始した馬車の左側を歩き始める。

馬車の中からはアカデミーの生徒の笑い声が聞こえてくるのだが、時々馬車からこちらを窺う視線に嫌なものを感じる。

（これは戦うのとは別の苦労があるかもしれないな）

★

「はぁ、何で私たちがこんな狭《せま》い馬車で寝《ね》なきゃいけないのよ」

馬車の椅子《いす》を簡易ベッドにして、そこに横になっているメリッサは窮屈《きゅうくつ》さに顔をしかめた。

王都の南門を出て街道《かいどう》を進み夕刻となった。予定通り野営広場に到着《とうちゃく》したアカデミーの一団はここで夜を明かすことになる。

アカデミーの生徒はそのまま馬車に泊《と》まり、護衛の人間は馬車の外で野営の準備をしている。

食事にしても、教師と護衛が作ることになっているので、生徒たちは特にすることもなく、本日の移動中について話を咲《さ》かせている。

「それにしても、フェニックスともう一匹も見たことがないんだけど、あれ何てモンスター？」

話題の中心はクラウスが連れている従魔《じゅうま》についてだ。

「あれはレインボーバタフライというAランクモンスターですよ、メリッサ」

「ふぅーん、相変わらずロレインは詳しいんだ？」

「別にモンスターの生態についてそれ程詳《ほどくわ》しいわけではありません。今回は、あのモンスターから採れるレアアイテムが、有用だったので知っていただけです」

メリッサの言葉にロレインはすまし顔で答えると本を閉じた。

「でもでも、あの蝶《ちょう》はキラキラしてて綺麗《きれい》だよね。売ってくれないかなー？」

「無理に決まっているでしょう、ルシア。フェニックスもレインボーバタフライもこの国の歴史上誰《だれ》も従魔にしたことがないモンスターですよ？」

ロレインは溜息を吐くとルシアに流し目を送った。

「普通、テイマーになるようなやつって前線に出てこないわよね？　なんで国家冒険者目指しているのかしら？」

メリッサは首を傾《かし》げる。

「さあ、それは私にはわかりかねますが……。レインボーバタフライだけは怪我《けが》を負わせないで欲《ほ》しいですね」

「なして？」

ロレインの言葉にルシアは首を傾げる。

「従魔の本来の使い道は、簡単に手に入らないモンスターの素材を定期的に入手できること。こんな護衛依頼で失ってしまっては、今後得られるはずの素材を失ってしまう。それは国にとっても大きな損失です」

あまりにもはっきりと言い切るロレインに、二人は息を呑んだ。

「で、でもさ、家に引き籠《こも》ってフェニックスとレインボーバタフライの素材を卸《おろ》していれば一生安泰《あんたい》なのに変わってるよね？」

ルシアがそう言うと、クラウスがなぜいるのかという話題にループする。

「それに……アンジーとの勝負もあるわけだし……」

メリッサは勘弁《かんべん》して欲しいと言わんばかりの表情を浮《う》かべた。

「今回の試験で、うちのグループがトップになる」

それが、メリッサとアンジーの勝負の内容で、負けた方は皆《みな》の前で土下座をする。

「護衛は二人とも頼りないし、従魔にしたって希少なモンスターを前線に出すわけないわよね」

「ねー、今日も一日自由に遊ばせてたのか姿見えなかったし、何で連れてきたんだろうね？」

従魔の存在価値は先程《さきほど》ロレインが言った通り。怪我を恐《おそ》れて戦闘に参加させるとは思えない。

今回の試験は、護衛と協力してあたらなければならないのだが、弱ければそれだけ自分たちの負担が増えるとメリッサは憤《いきどお》りを覚えた。

「いずれにせよ、このグループで最大戦力はメリッサですわ。貴女を軸《じく》に作戦を考えましょう」

ロレインはメリッサの実力を疑っていないのか、自然に言葉にした。

「それなんだけどさ、アンジーが何やら企《たくら》んでるみたいなんだよね」

「本当にあいつは懲《こ》りないわね……」

メリッサは溜息を吐く。アカデミーでも何かにつけて嫌がらせを受けていたからだ。

翌日から、クラウスたち受験者の本当の意味での試験が始まるのだった。

17

クラウスたち受験生がアカデミーの生徒を護衛し始めて二日目、状況《じようきよう》が大きく動いた。

先日は数度の戦闘をこなすだけで野営地に着き、食事を作り交代で見張りをするという普《ふ》通《つう》の護衛内容だったのだが、一日が経《た》つと生徒の動きに変化が現れたのだ。

基本的に馬車の両側には受験生が立ち、どちら側からモンスターが接近してきても見逃《みのが》さないようにしている。この場にいる受験生はすべてCランクモンスターを単独で討伐《とうばつ》できる実力があるので、不意を突かれなければ後《おく》れを取ることはない。

ところが、今日になってから、クラウスもブレイズも、そして他の受験生も一度もモンスターと剣を交えていなかった。

なぜかというと、モンスターが接近してくるなり、馬車の中からアカデミーの生徒たちが魔法を撃《う》ち始めたからだ。

ごく普通の学校に通っている魔導師見習いであれば、魔法の威力《いりょく》も低く、遠くまで魔法を飛ばすこともできず、相手を狙《ねら》い撃つ精度も持ち合わせていないのだが、アカデミーの中から選《よ》りすぐられたエリートだけのことはある。

威力精度ともに申し分なく、生徒たちが放った魔法でモンスターは全滅《ぜんめつ》するので、受験生はただ歩いているだけになっていた。

「あー、スッキリした」

今も、前方の馬車からアカデミーの生徒の声がする。

先程、接近しようとしてきたゴブリンを魔法で作り出した氷の矢で絶命させたばかりだ。

アカデミーの生徒たちは聞こえよがしに明るい声を出すと、わざと馬車の窓を開けっぱなしにして中にいる他の生徒と会話を始める。

「次は私の番よ」

「いいよぉ、でもあまり倒《たお》しすぎちゃうと、護衛さんたちがただ歩いているだけで退屈《たいくつ》になっちゃうかも」

生徒たちは口元に手を当てクスクスと笑う。あからさまに国家冒険者の受験生を嘲笑《あざわら》っていた。

「次は絶対私だからねっ！　こっち側は全然モンスターがこないんだもん」

逆側の窓際《まどぎわ》の席に座《すわ》っている生徒が愚痴《ぐち》を漏《も》らす。先程からモンスターが現れるのは進行方向を見て右側だけ。クラウスが担当している左側からは一切モンスターが現れていない。

「わかった。次にモンスターが現れたら交代するから」

そんな、この道中を遊び程度にしか考えていない生徒の会話を聞いたブレイズ。

「ちっ、俺《おれ》たちの試験を何だと思ってやがるんだ……」

活躍《かつやく》の場がなければ同行している試験官にアピールする機会がなくなる。

焦《あせ》りを浮かべるブレイズや他の受験生、アカデミーの生徒との間に良くない空気が流れ始める中、クラウスは口を開くことなくただ護衛の仕事をまっとうし続けていた。

「やはり、今年も始まりましたね」

夜になり、国家冒険者の試験官とアカデミーの教師がミーティングをしている。

この行事は毎年行われているのだが、例年同じような流れになっているのでそのことについて触れている。

「護衛対象が勝手な行動をとるのはよくある話ですからね、身も蓋《ふた》もない話で申し訳ありませんが、足を引っ張る存在を護《まも》り抜くくらいでなければ国家冒険者は務まりません」

実は今回のようなケースは過去に何度も起きている。

元々、アカデミーの生徒はエリート意識が強いので、受験生に対抗意識《たいこう》を持つ。

受験生はこれまでと違う、力を保持している厄介《やっかい》な護衛対象に自分で考えて対処しなければならない。

ただの護衛ならば強ければ務まるだろうが、国家冒険者になった場合、国の要人を護衛することになるのだが、権力を持つ人間は癖《くせ》が強いので円滑《えんかつ》な人間関係を保つような立ち回りも求められている。

「御指摘《ごしてき》の通り、うちの生徒に問題ありですよ。幼少の頃《ころ》から家庭教師に英才教育をされて育ったからか増長してます。お蔭で実力が劣《おと》る者の言うことは聞かなくても良いと考え、アカデミーでも好き勝手に振《ふ》る舞《ま》う始末です」

アカデミーの教師は苦笑いを浮かべる。中には親の爵位《しゃくい》を持ちだして周囲に圧力をかける生徒も少なくはない。

「この野外試験で、実戦の厳しさを学んで成長してくれると良いのですが……」

今回の試験は、受験生とアカデミーの生徒両方に苦い経験をしてもらうのが目的だ。

そのために目的地は、古《いにしえ》の時代に魔王《まおう》が君臨していたと伝承がある廃城《はいじょう》にしている。

廃城ではそこら中でアンデッドやレイスなどのモンスターが出現する。

我《わ》がまま放題に振る舞うアカデミーの生徒を護衛するのは、さぞ苦労するに違いない。

その時の姿を思《おも》い浮かべた教師はくすりと笑うのだが、ふと真剣な表情を浮かべると今日のことを振り返る。

「そう言えば、一つ気になったんですけど……」

「どうしましたか？」

試験官はアカデミーの教師に聞く。

「いや、今日の行軍でのモンスターの出現方向が随分《ずいぶん》と偏《かたよ》っていた気がしましてね」

実際、モンスターが接近してくるのはいつも同じ方向だった。これでは例年の半分しかモンスターと遭遇《そうぐう》していないということになる。

「まあ、残りの日程で逆に偏るかもしれませんし、こういう試験ではイレギュラーも起こりますよ。安心してください、いざとなれば我々正規の国家冒険者が全力で御守りしますから」

受験生が最低限Cランクモンスターを討伐できるとすると、国家冒険者は五人が協力すればAランクモンスターを討伐することもできるのだ。

万が一も起こらぬように過剰《かじょう》戦力を揃《そろ》えてきている。

「ええ、王都に戻りましたら美味《うま》いワインを出す店を見つけたんです。打ち上げにどうですか？」

「いいですね、受験生とアカデミーの生徒たちの未来を祈って乾杯《かんぱい》しましょう」

二人が戻ったあとの話に花を咲かせている上空で、月明かりに照らされ虹色《にじいろ》に輝《かがや》く飛翔《ひしょう》体があった。

★

「ここが今回試験を行う【ディアボロスの魔城】だ」

王都の南門を抜け、馬車で五日程進んだ場所にある廃城に到着した。

途中《とちゅう》から、周囲には草木が一本も生えておらず生き物の気配も消えていた。

ここは、かつて魔王が君臨していた魔王城だったという伝承がある。

数百年前にどこからともなく現れた勇者が魔王を討伐したのだが、魔王は最後に呪《のろ》いを放ち、この地を人が住めない土地にしたのだという。

以来、この城にはアンデッドモンスターが湧《わ》くようになり、よほどの強者でなければ生きて帰れない魔城となった。

今回の目的は、この魔城を利用してアカデミーの試験を行うこと。

「滞在《たいざい》するのは三日間、それまでの間にアカデミーの生徒は護衛の冒険者とともに、城内を探索《たんさく》してチェックポイントを回るように」

到着すると、アカデミーの教師は生徒に試験の内容を告げる。城内に設定した数十カ所のチェックポイントを回り得点を集めるものらしいのだが、ベースから近くにあるポイントは点数が低く、湧《わ》くモンスターも弱い。

逆に遠い場所や、モンスターが強い場所は点数が高い。

どのチェックポイントも先着順らしく、どうやらこの試験はアカデミーの生徒同士を競争させる意図があるらしい。

俺たち受験生の役割は、いかに護衛対象を無傷でそこまで連れて行くかなのだが、どの場所に行くか、危険に対する備えに関しては教師も試験官も口出ししないと言っているので、俺たちの裁量になる。

つまり、護衛対象との関係が良くなければ、互《たが》いに納得《なっとく》できる場所を選ぶことができないということだ。

一応「有事の際は冒険者に従うように」とか「危険と判断した物には触《ふ》れず、教師か国家冒険者を呼ぶように」と言っているのだが、これまでの道中でモンスターを討伐してきたアカデミーの生徒は自信をつけており、指示に従うかは疑問だ。

教師の話が終わると、班分けが行われた。

とはいっても、それ程《ほど》メンバーが変わるわけではない。

基本的に、護衛していた馬車のメンバーと同じらしく、二十人の冒険者で三十人の生徒を護ることになる。

つまり、俺はブレイズとコンビを組み、メリッサ・ロレイン・ルシアの護衛だ。

「それじゃあ、早速《さっそく》行きましょうよ！」

メリッサはそう言うと俺やブレイズを一瞥《いちべつ》することなく歩き出す。

この五日間でわかったのだが、このグループを仕切っているのは彼女のようだ。

「あぁん、まってよー、メリッサ」

ルシアは甘《あま》えた声を出してついて行く。

「もう、仕方ありませんわね」

ロレインは溜息を吐くのだが、手間がかかる妹に接するような優《やさ》しい瞳《ひとみ》をメリッサに向けている。

「って、おいっ！　俺たちは無視かよっ！」

ブレイズが怒《いか》りを露《あら》わにしながら文句を言うと、

「護衛は黙《だま》ってついて来ればいいでしょ？」

メリッサは振り返り俺たちを睨《にら》みつけてくる。

「何だと!?」

その瞳には何やら焦りというか、気負いが見えるので、気になる。

開始早々にメリッサとブレイズが言い争いを始め、ルシアが煽《あお》りロレインは品定めするような目を向ける。

『ピィ！』

『…………♪』

フェニとパープルの頭を撫でながら、何か不測の事態が起きたら対処しなければと備えることにした。


「まったく、護衛なんだからこっちの言うことに黙って従ってればいいのに……」

あれから、ブレイズとメリッサの言い合いは「いいから黙って従え」というブレイズの一言で決着した。

教師からも注意されているので、基本的に護衛の意見は無視できない。ましてや、ここはモンスターが発生する危険な場所なのだ。

「それに、最初に行くのが食堂エリアって、雑魚《ざこ》モンスターしか湧かない場所でしょ？

ちょっと弱腰《よわごし》なんじゃないかにゃー？」

「うるせぇ！　お前らは好き勝手するし、組んでる相手も若造なんだ。まずは慎重《しんちょう》になるのが当然だろうが！」

ルシアがからかうと、ブレイズは怒鳴《どな》りつけた。

「まあ良いではありませんか、ルシア。御二人《おふたり》とも、道中ほとんどモンスターと戦闘をしておりませんもの。いきなり強いモンスターに対処していただくのは酷《こく》ですわ」

ロレインはそう口添《くちぞ》えをするのだが、

「誰のせいで戦えなかったと思ってる？」

ブレイズは三人を睨みつけた。

「知らないわよ。馬鹿どもが勝手にやったことだし」

道中に出現するモンスターをアカデミーの生徒が遠くから魔法で狙撃《そげき》し続けた。その結果、俺もブレイズもほとんど剣を抜くことなく、互いに何ができるか、連携《れんけい》の確認《かくにん》を取ることができなかった。

「ま、あの子も同じようなものだろうし、いっか」

言い争うのに飽《あ》きたのか、メリッサはあっさりと引き下がる。

「だよね、たとえ出遅《でおく》れたとしても、地力はメリッサの方が上だし、いざとなれば私たちも力を貸すからねー」

ルシアの言葉から、何やら事情があるらしいことを俺は察した。


城内に入ると、早速モンスターが襲《おそ》ってくる。

出現したのはEランクモンスターの【スケルトン】が数匹《すうひき》。

全身が骨でできたこのモンスターは、剣や棍棒《こんぼう》などの武器を手に襲い掛かってくる。

「雑魚が、どけええええええええええっ！」

だが、その動きは鈍《にぶ》いのでモンスター討伐経験のある冒険者ならば、よほどのことがなければ攻撃《こうげき》を食《く》らうことはない。

今も先頭に立つブレイズが一人で蹴散《けち》らしていた。

「あのくらい、私たちだって一瞬《いっしゅん》で倒せるのに……」

メリッサは忌《い》ま忌ましそうな表情を浮かべると、ブレイズを睨んだ。

城に入る際ブレイズが強く言い、三人を後方に下がらせたからだ。

現在、俺とブレイズが前と後ろに分かれて警戒《けいかい》している形になる。

護衛依頼を果たす上で、これがもっとも安全な配置と判断したからだ。

「ねぇ、あんたも戦闘に参加してきたら？」

メリッサは半眼で俺を睨む。

「俺は後方の襲撃《しゅうげき》に備えなければなりませんから」

魔城ということで、そこかしこから不穏《ふおん》な気配が伝わってくる。フェニやパープルにも指示して何かあれば三人を守るようにしている。

「あのおじさんが一人で戦うより早いんじゃない？」

ルシアがポツリと漏らした。その表情は完全に俺の実力を疑っているようだ。

「駄目《だめ》ですよ、メリッサ。テイマーというのはモンスターを使役できる貴重な人材。前に出ろと言うのは酷なもの」

ロレインはそう言うと、頭上のフェニと、周囲を飛び回るパープルを見た。

「せっかく噂のSランクモンスターが戦う姿を見られると思ったのになー」

「その時が来れば見られるかと」

今回は討伐ではなく、護衛対象を目的の場所まで連れて行くことが重要。ブレイズとの輪を乱してまで戦闘に介入《かいにゅう》するつもりはない。

「……まあいいけど。絶対に足だけは引っ張らないでよ？」

淡々《たんたん》と答える俺に、メリッサは呆《あき》れた視線を向ける。

ちょうどブレイズの戦闘が終わったようだ。

「ええ、任せてください。必ず、全員無事にアカデミーに帰しますから」

先に進もうとするメリッサに、俺は断言した。

18

その日の調査を終え、教師や試験官が滞在している城の中庭へと戻《もど》ってきた。

周囲には魔導具による強力な結界が張られていて、モンスター避《よ》けの対策はバッチリだ。

このモンスター避けの結界だが、フェニやパープルには影響《えいきょう》がない。出入りする者の魔《ま》力《りょく》を判別するのだが、従魔ということで登録済みだ。

今日一日で、俺たちのグループは三カ所のチェックポイントに到達《とうたつ》した。途中、メリッサやルシアが痺《しび》れを切らして戦闘に介入したからなのだが、なかなかのハイスピードで魔城を回ったので、かなり良い順位なのではなかろうか？

その分、三人もブレイズも疲労《ひろう》している様子なので、この後は食事を摂《と》り、ゆっくりと休むことになっていた。

「なんだか、随分とボロボロになっている人が多い？」

周囲を見回すと、受験生・アカデミーの生徒ともども、かなり疲労している様子が窺《うかが》える。

試験期間は三日もあるのだから、初日はどのグループも護衛の連携確認《れんけいかくにん》で無理せず弱いモンスターが湧くチェックポイントを回ると思っていたのだが……。

「あら、今頃戻《いまごろもど》ってきたのかしら?」

そんな中、アンジーが俺たちの前に姿を見せる。ほとんど汚《よご》れもなく、両隣《りょうどなり》には国家冒険者試験の受験生が立っている。

「そう言うそっちはどうなの? 私たちは今日一日で三つのチェックポイントを回ったわよ」

戻りが遅《おそ》くなったのは遠くのチェックポイントを回ってきたからだ。地図を基にロレインが効率の良いルートを提案してきた。

そんなメリッサの言葉にアンジーは「ふふん」と笑う。

「私たちは五つのチェックポイントをクリアしたわ」

「いつっ……」

その言葉に俺たちは驚《おどろ》く。

「嘘《うそ》だよっ! モンスターを倒しながらそんな一気に回れるわけないし!」

ルシアが怒鳴ると、アンジーは勝ち誇《ほこ》った笑《え》みを浮かべる。

「この二人の受験生に装備を貸《か》し与《あた》えたの」

よく見ると、二人が持つ剣がかなりの業物《わざもの》になっている。他に見える装飾品《そうしょくひん》もなんらかの魔導具のようだ。

装備の質ひとつで、討伐の難易度は変わる。元々実力がある受験生なら、底上げも効果絶大だろう。

「それだけで五つも回るなんてできるの？」

メリッサが首を傾げる。魔城に湧くモンスターの数は相当多い。装備があれば戦闘が楽になるのは確かだが、それだけで進行速度が上がるとは思えない。

「まさかあなた、他のグループを買収しましたか？」

ロレインの言葉を否定することなくアンジーは笑う。

「ええ、受験生の中には我が伯爵家《はくしやくけ》が推薦《すいせん》している方もおりますし、他のグループと行動をともにしてはいけないというルールもありませんから」

確かにその通りだが、チェックポイントは早い者勝ち。自分たちが勝とうと思えば共闘《きようとう》はできないはずなのだが……。

どうやらアンジーは、他のグループの受験生を盾《たて》に使って強行軍をしたらしい。

「たかが学校の試験でそこまでやるかねぇ」

アンジーはブレイズを睨みつける。

「おだまりなさい、平民」

「なっ⁉」

「私は私を馬鹿にした人間を許すつもりはありません。メリッサを護衛したのが運の尽《つ》き、あなた方にも不合格の烙印《らくいん》を押《お》させていただきますわ」

その赤い瞳が燃えている。俺たちは誰一人《だれひとり》言葉を返せなかった。


夜も更《ふ》けてきた。

城内に散らばっていた他の班も全員帰還《きかん》しており、食事を終え、後は休むだけとなったのだが、俺は無性《むしよう》に周囲の様子が気になった。

それというのも、ゾンビの腐臭《ふしゆう》が移った受験生や、瘴気《しようき》を纏う生徒の臭《にお》いが漂《ただよ》ってきて鼻につくので、ゆっくり休むことができずにいる。

俺は我慢《がまん》できなくなると、試験官と教師の下を訪ねた。

「うん、クラウス君どうしたのかね？」

「この臭いをどうにかしたいと思うんですが……」

他にもこの臭いに辟易《へきえき》している者は多い。特にアカデミーの女子生徒などはとても辛そうな表情を浮かべ吐き気《け》を堪《こら》えている。

「まあ、これも毎年のことだからね」

教師は口元に手を当て苦笑いをする。

「結界はこれ以上広げることができないし、どうしてもと言うのならテント内で身体を拭《ふ》くくらいはしても構わないが……」

濡《ぬ》れタオルで身体を拭けば多少はスッキリするとのことらしいが、根本的な解決にはなっていない。

「俺は【浄化《じょうか》の炎《ほのお》】というスキルを使うことができます。これは汚れを落とすことができるスキルで、場所も時間もそれ程とりません」

この能力なら、この場の腐臭と瘴気を浄化し、身体を綺麗にすることも可能だ。

「それは……君はあくまで護衛が任務。使ったうえで明日は戦えないということになったりはしないのかね？」

俺の提案に、試験官は懸《け》念《ねん》事《じ》項《こう》を確認してくる。

「大丈夫です。そこまで疲《つか》れるようなスキルではありませんし、何より護衛対象がこの臭いの中で安眠《あんみん》できず、睡眠《すいみん》不足で不覚をとる方が危険ですから」

ちゃんとした睡眠をとらなければ魔力も回復せず、寝不足《ねぶそく》の頭では誤った判断をしてしまうこともあるだろう。

「君を疑うわけではないが、そのスキルの安全性がわからない。特殊《とくしゅ》なスキルなのだろう？」

これまで、フェニックスを従魔にした者がおらず、このスキルのことは知られていない。

「まず自分に掛けて見せます。それで問題なければ試験官さんに、次に教師さんに使うということでどうでしょうか？」

「それなら、まあ……」

説明を繰《く》り返すよりはまず見せて体験させる方が早いと考え、俺は自分に【浄化の炎】を使った。

「うおっ！」

「これは……炎なのに熱くない」

試験官が炎に手を近付ける。

俺の全身を橙《だいだい》の炎が包み込み、その日の汚れと臭いが湯気となって蒸発し消えていく。

やがて【浄化の炎】の効果が消えると、俺は全身が綺麗になり、長時間風呂《ふろ》に入った後のように肌《はだ》が艶々《つやつや》していた。

「どうですか？」

俺は試験官に確認をする。

「確かに、この異臭《いしゅう》を放つ場において、君からは良い匂《にお》いが漂ってきている」

教師は驚いた表情を浮かべると、興味深そうに眼鏡を右手で弄《いじ》った。

「それじゃあ、次は試験官さんですね？」

「ちょ、ちょっと待ってくれ。念のため外に出よう！」

俺が確認すると、彼は立ち上がり、物が置かれていない場所へと移動した。

広場に出たことで、受験生や生徒の視線がこちらへと向く。

「武器や鎧《よろい》を身に着けたままでもいいのか？」

万が一の事態に備えて、護衛は武装を外せないことになっている。

「平気ですよ。浄化の炎はあらゆる隙間《すきま》から入っていって、汚れの一つも逃《のが》しませんから」

部屋の掃除《そうじ》にも使っているが、使い終わった後は棚《たな》の後ろに塵《ちり》一つ残っていなかった。

「では……やってみてくれ」

試験官は覚悟《かくご》を決めると促《うなが》してきた。俺は右手を前に出すと、浄化の炎で彼の全身を包む。

「きゃあああああああっ！」

試験官がいきなり橙の炎に包まれたことで、目撃《もくげき》していた生徒が悲鳴を上げた。

「い、一体何を⁉」

「火……急いで消さないと!!」

周囲から慌《あわ》てた声が聞こえる中、試験官は自分の身体を見て驚きの表情を浮かべる。

「これは……ぬるま湯に全身を浸《つ》からせているような……何と気持ちよい体験なんだ……」

俺が浄化の炎を使っている間に、教師がその場の人たちに説明をして宥《なだ》めている。その顔は不安そうで、本当に熱くないのか心配そうに試験官を見ていた。

やがて、完璧《かんぺき》に汚れを落とし終えると、

「ふむ」

試験官は全身をくまなくチェックする。

「本当に素晴《すば》らしいスキルだな、手入れをしなければならないと思っていた剣まで腐肉《ふにく》や血がとれて綺麗になっている」

腰に差していた剣を抜《ぬ》くと、剣身が光沢《こうたく》を帯び輝いていた。

「大丈夫なのですか?」

アカデミーの教師が試験官におそるおそる尋ねる。周囲の人間もその返答に耳を傾《かたむ》けた。

「自分の身で体験してみるとよい。汚れが落ちてとても気分爽快《そうかい》ですよ」

教師が「私にもお願いします」と前に立つと、浄化の炎で綺麗にする。彼《かれ》も身綺麗《みぎれい》になると、周囲に声を掛《か》けた。

「皆、聞いてくれ。クラウス君が出したこの炎は全身の汚れを落としてくれる。彼はこのスキルを皆に使ってくれると言っている」

試験官の説明に、生徒たちが集まってきた。

「あ……熱くはないのですか?」

生徒の一人がおそるおそる質問をする。

「ぬるま湯にずっと浸かっているような温度だ。正直、炎をずっと浴びていたい気分だよ」

冗談《じょうだん》めかした試験官の言葉に、周囲の人間はお互いの顔を見合わせた。

「無理にとは言いません。もし、汚れが気になる、瘴気が気になる、眠《ねむ》れないという人は今からここに【浄化の炎】を出しますので、潜《くぐ》り抜けてみてください」

いくら教師や試験官が保証したとはいっても、いきなり炎に包み込《こ》まれるのは怖《こわ》いだろう。

地面に【浄化の炎】を設置し、徐々《じょじょ》に近付いて熱くないことを知ってもらった方が良いと考えた。

橙の火柱が立ち上るのだが、誰もが息を呑《の》み動こうとしない。そんな中、ブレイズが炎の前に立った。

「俺は行くぜ!」

決意して炎に飛び込むブレイズ。

「何だこれ⁉　疲れた身体に染《し》みわたる……極上《ごくじょう》のマッサージを受けている気分だ」

「わ、私も入りたい！」

「お、俺だって！」

一人が入ったことで、次々と後ろに人が並び、あっという間に行列ができてしまった。

俺が浄化の炎の範囲《はんい》を広げてやると、順番に炎へと飛び込んでいく。

「ああ、もうこの中で一生過ごしたい」

「こんな気持ちよさ知ってしまったら、屋敷《やしき》のお風呂で満足できなくなる」

「いいですわ、このスキル。是非《ぜひ》、我が家《や》の専属になって欲しいです」

おおむね好評のようで、数分もすると全員が浄化の炎を浴び、身綺麗になっていた。

皆が喜ぶ中、遠くからこちらを睨みつけている生徒がいる。アンジーたちだ。

メリッサたちが気持ちよさそうにしているのを見て苛立《いらだ》っているようだ。

たとえ他の者たちを盾にしたとはいえ、一日魔城を歩き回って汚れているはず。彼女《かのじょ》にも声を掛けるべきか悩《なや》んでいると……。

「まさかここまで快適な環境《かんきょう》を提供してくれるとは思わなかったぞ」

試験官が満面の笑みを浮かべ、俺の肩《かた》を叩《たた》く。

「護衛対象になるべく不満を与えないのが大切ですからね」

今日のように、互いにいがみ合うのではなく、信頼《しんらい》関係を築ければ護衛も円滑にできるようになる。俺がそう言うと、彼は「確かにそうだな」と同意した。

事実、先程までの受験生も生徒も一様にピリピリした態度を取っていたのが消えている。

この分なら、明日の試験も大丈夫《だいじょうぶ》だろう。

「これで、皆それぞれの役割に集中できそうですね」

自分のやったことに対し、満足げにしていると……。

「しかし、どうかな?」

試験官はアゴに手を当てると神妙《しんみょう》な態度をみせる。

「何か、問題がありましたか?」

俺は自分に不備があったのかと思い、首を傾げる。

「このようなスキルを味わってしまえば、今後、これがないと不満を口にするようになるかもしれない」

そう言って笑い合う。気が付けば、アンジーたちは馬車に顔を引っ込めていた。

★

「はぁ、気持ちよかったぁ」

メリッサは馬車の中で枕《まくら》を抱《だ》きしめベッドに倒れ込んだ。

クラウスの浄化の炎を浴びて血色がよくなり、頬《ほお》が赤く染まっていた。

「まさかあのような力を隠《かく》し持っていたなんて、商売に利用すれば稼《かせ》げますわ」

ロレインは、先程クラウスが見せた浄化の炎を思い出すと頬に手を当てる。

SランクモンスターとAランクモンスターを運よく従魔《じゅうま》にしただけの男だと思っていた。

「それに、従魔も可愛《かわい》いよね」

「まあ、確かに……」

道中、クラウスがフェニやパープルと触れ合う姿を多くの生徒が目撃している。高ランクモンスターと触れ合うには飼い主の許可を得る必要があるのだが、エリート意識が強いアカデミーの生徒は頭を下げることができないので、羨望《せんぼう》の眼差《まなざ》しを向けるだけだった。

「それよりも、アンジーだよ！」

ルシアは意識を切り替《か》えると、今直面している問題について話をする。

「本当に、あいつらプライドがないのかしら？」

メリッサは魔導師《まどうし》学科の首席で、アンジーは次席。アンジーはメリッサを敵視しており、

いつもくだらない嫌《いや》がらせをし続けていた。

「メリッサを貶《おとし》めるために協力するなんて、考えられませんわ」

金で買収とはいったが、協力していたグループはアンジーと一緒《いっしょ》にメリッサに嫌がらせをしていた連中だ。自分たちの成績を落としてでもメリッサを貶めなければ気が済まないのだろう。

「とにかく、挽回《ばんかい》しないとまずいよ！」

先程《さきほど》、現時点での順位発表があったが、アンジーのグループに差をつけられている。三グループでかたまって移動したうえ、チェックポイントはアンジーが獲《と》るという作戦のせいだ。

このままでは首位を獲れないばかりか、負けた場合は屈辱的《くつじょくてき》な仕打ちが待っている。

「どうしますか？　同じことをこちらもすれば互角《ごかく》に戻せるかと思いますが？」

ロレインは顔が広い。結託《けつたく》していない他のグループを懐柔《かいじゅう》するか提案してきた。

「そんなみっともない真似《まね》できるわけないでしょ！」

アンジーが使った姑息《こそく》な手を真似るということは、自力で挽回できないと認めるようなもの。それだけは嫌だった。

そんなメリッサをルシアとロレインは見つめる。

「私たちも協力するからさ！」

「そうですわ。私たちが力を併《あわ》せればアンジーなんて敵じゃありません」

「二人とも、ありがとうね」

メリッサが負けることをよしとしない親友二人に、彼女は温かい視線を向けた。


「ねぇ、おじさん。まだなの？」

ルシアは苛立ちを前面に出しブレイズに声を掛ける。

ここはチェックポイントの一つである墓地エリア。ゾンビの他にレイスなどが出現する、昨日までよりも難易度が高いフロアだ。

モンスターの湧きも激しく、俺やフェニやパープルは周囲に集まるゾンビを倒し続けている。

「くっ！　黙って見てろっ！」

そんな中、先程からブレイズが数匹のレイスと戦っている。

敵が近寄るたび剣《けん》を振り回すのだが、レイスの動きは不規則で、攻撃範囲《こうげきはんい》に入ったかと思えばひらりと躱《かわ》してしまう。

レイスは実体をもたないモンスターで、魔法《まほう》か魔力剣《まりょくけん》による攻撃でないとあまりダメージを与えることができない。

Cランクモンスターなら一次試験で討伐《とうばつ》している受験生も、魔力が必要なモンスターの討伐経験がある者は少ない。

魔力剣は高額なので、こういう特殊な場所に近付かない限りは通常の武器でことたりる。

ブレイズが持っているのは斬《き》れ味が鋭《するど》いロングソードなのだ。

だが、絶対に倒《たお》せないかというとそんなことはない。

レイスの動力は魔力で、魔法を使うたびに消耗《しょうもう》していくので、攻撃さえ避け続ければ倒すことが可能。そして、Cランク冒険者《ぼうけんしゃ》ともなればレイスの遅い攻撃を見切るのは簡単だ。

なので、現在ブレイズがとっている、レイスを動き回らせて疲弊《ひへい》させる作戦は正しいのだが……。

「ブレイズさん、こっちは余裕《よゆう》があるので手伝いましょうか?」

『ピィピィ』

『………&』

この場には俺もフェニもパープルもいる。

俺《おれ》とフェニの【フェニックスフェザー】やパープルの【糸】ならばレイスに有効なダメージを与えることができる。

「ここは俺の活躍《かつやく》の場だ、お前も引っ込んでろ！」

ルシアに煽られていなければ素直《すなお》に聞いてくれたかもしれない。プライドが邪魔《じゃま》したのかブレイズは俺の提案を聞き入れなかった。

「もう待ってられない。【ウインドブレス】」

痺れを切らしたルシアが唐突《とうとつ》に風の魔法を放った。

「なっ⁉」

突風《とっぷう》が吹《ふ》き、ブレイズがバランスを崩《くず》す。レイスにはさして影響はなく、好機とみたのかブレイズに襲い掛かった。

「【浄化の炎】」

俺は咄嗟《とっさ》にブレイズとレイスの間に【浄化の炎】で壁《かべ》を張ると、レイスの攻撃を止める。

「「「「なっ⁉」」」」

四人の驚愕《きょうがく》の声が重なり、隙《すき》が生じる。

「全員、レイスの動きに気を付けて！」

俺が注意を促すのだが、レイスはその隙を見逃《みのが》さなかった。

一番近くにいたレイスが、魔法で攻撃をしたルシアに襲いかかる。

「きゃあああああああっ！」

腕《うで》を伸《の》ばし、後少しで攻撃の手がルシアに触れそうになると……。

「えっ？」

虹色に輝く糸がレイスの身体を拘束《こうそく》した。

『…………♪』

「偉《えら》いぞ、パープル」

パープルは口から何重にも糸を吐《は》くとレイスの全身を糸で覆《おお》っていく。

『キキキ……ギィィィィーーーー！』

姿が見えなくなる直前、断末魔《だんまつま》を上げると、レイスはそのまま消滅《しょうめつ》してしまった。

頭を抱《かか》えて目を瞑《つぶ》っていたルシアが目を開く。

「もしかして……助けてくれたの？」

『…………♪』

怯《おび》えているルシアの前を飛ぶパープルは、パタパタと羽を動かし返事をする。

「あ……ありがとう」

『…………♪』

ルシアの言葉を聞いたパープルは、嬉《うれ》しそうに彼女の周りを飛び回り感情を表現した。

「か……可愛いかも」

そんなパープルを見て、ルシアは目にハートを浮《う》かべると動きを追い続けた。

「何をしている！　まだレイスは全滅《ぜんめつ》しちゃいないんだぞ！」

ブレイズが苛立ちを浮かべて怒鳴り声を上げた。ルシアの介入から集中力が切れているようなので一度仕切り直した方がいいだろう。

「フェニ」

『ピィ！』

俺とフェニは同時に【フェニックスフェザー】を放ち、残るレイスを一瞬で討伐した。

「す……凄《すご》い……」

「綺麗《きれい》……ですわ」

メリッサとロレインの声が聞こえる。この時ばかりは二人も素直な表情でフェニを見るのだった。

「あなた、強いじゃない……」

戦闘《せんとう》が終わると、その場の全員の視線が俺に向く。

「最初の炎は昨晩身体の汚れを浄化してくださったスキルですわよね？　まさかアンデッドに有効だなんて」

ロレインは口元に手を当てると何やら考《かんが》え込む。

「私に提案があるのですが、聞いていただけますか？」

「ん、何々？」

ルシアが聞き返す。

「本来なら、この後難易度の低いエリアを回ってポイントを稼ぐ予定でしたが、クラウス様を前衛にして難易度の高いエリアに行きませんか？」

「はぁ？　わざわざ危険を冒《おか》してまで行く必要がどこにある？」

ブレイズの言うことはもっともだ。今回の試験、俺たちの前提条件は護衛対象を守ること。今の時点で五カ所のチェックポイントを獲っている。わざわざ強いモンスターがいる場所に護衛対象を連れて行くメリットがない。

「理由もなしに護衛対象を危険に晒《さら》せるかよ」

強いモンスターのいる場所に赴《おもむ》き、万が一彼女たちに怪我《けが》を負わせたら、俺たちは不合格になるだろう。

ルシアがブレイズを睨みつける。これまでのおどけた態度ではなく、何やらせっぱつまったものを感じる。

「理由ならありますわ。この魔城に湧《わ》くモンスターの部位が、錬金術《れんきんじゅつ》の素材になるので、収集したいと考えていたのですわ」

ロレインがそう口添えをした。

「なら、その素材収集はしてやるが、チェックポイントまで行く必要はないよな？」

これまで散々いがみ合ってきたからか、ブレイズも譲《ゆず》らない。

こんな時、普段《ふだん》のメリッサであれば噛《か》みつきそうなものなのだが、ここまで言葉を発することがなかった。

「お願い、私たちを助けて」

メリッサが頭を下げ、皆《みな》が驚きの表情を浮かべる。

プライドの高い彼女が、頭を下げるなど誰《だれ》も予想ができなかったからだ。

「クラウスどうするんだ？」

彼女たちが指名した前衛は俺だ。危険を一身に引き受ける以上、俺が判断しても良いとブレイズは言う。

三人の真剣《しんけん》な瞳が俺を見据《みす》える。どのような事情があるかはわからないが、こうまで頼《たの》まれたら力になってやりたい。

「行きましょう。依頼人《いらいにん》の希望はできる範囲で応えるべきですから」

「ありがとう！」

メリッサは俺の両手を握《にぎ》り締《し》めると感謝を口にした。

「さてっ！　改めて出発よ！」

気を取り直したメリッサは、先程までのようなしおらしい様子ではなく普段通りの態度に戻っていた。

「クラウス、お前が前衛だ。実力を見せてもらうぞ」

「わかりました。後衛、よろしくおねがいします」

先程の戦闘でレイスを一掃《いっそう》したからか、ブレイズも俺を認めてくれたような気がする。

メリッサの態度が軟化《なんか》したからか、パーティの雰囲気《ふんいき》も心なしか良くなった。

「それで、ロレインさん。行ってみたい場所というのは？」

「礼拝堂ですわ」

ロレインは教師からもらった地図を広げ指し示す。

礼拝堂とは魔城の奥《おく》にある広いフロアで、Cランクモンスターのグールが出現する。

同じCランクモンスターのレイスとは違《ちが》い、素早《すばや》い動きと毒爪《どくづめ》での引っかき攻撃、噛みつきなどが厄介《やっかい》だ。

魔城の奥に存在していることと、モンスターが厄介で護衛の負担が大きいこともあり、他のグループも最初から除外していたチェックポイントとなる。

「ここを獲ればアンジーもなすすべがなくなります」

昨日、アンジーが回ったフロアはすべて弱いモンスターが湧くフロアばかり。礼拝堂などの難易度が高い場所は得られる点数が多いので、ここさえ獲ることができれば順位が逆転する。

「クラウス様や従魔には負担をかけてしまいますが、本当に大丈夫ですか?」

ロレインは口元に手を当て確認してくる。

「ええ、大丈夫ですよ」

毒に対しては【浄化の炎】で解毒《げどく》できるのは確認済みなので問題はない。

「それじゃあ、礼拝堂に入りましょう」

ちょうど入り口についたので、メリッサが皆に告げた。

「それにしても不気味だよねぇ、こんな気持ち悪い神を崇《あが》めていたの?」

ルシアが口を開け遠くを見る。そこには天井《てんじょう》まで届く程《ほど》の大きさの神像が置かれていた。

その造形は悪魔《あくま》を象《かたど》ったもので、不気味な雰囲気を漂わせており、今にも動き出すのではないかと想像してしまう。

「俺たちが信仰《しんこう》しているのは女神《めがみ》ミューズだが、魔王《まおう》が信仰していたのは邪神《じゃしん》と言われているからな。ここ以外にも遺跡《いせき》とかに祀《まつ》られているが、どれも瘴気が漏《も》れ出していてモンスターがそこに集まるんだ」

「へぇ……そうなんだ？　長く冒険《ぼうけん》しているだけあって知識が豊富なのね。レポートに書きたいから後で詳《くわ》しく話を聞いてもいい？」

メリッサは砕《くだ》けた笑みを浮かべるとブレイズに話《はな》し掛けた。

「……あ、ああ。そりゃ構わねえが」

ブレイズは困惑《こんわく》しつつもそう答える。

先程までと違い、二人の間に流れる空気も悪くないものになっていた。

「女神ミューズと敵対する邪神、信仰する者の気が知れませんわ」

そんな会話を聞いていると、ロレインが憎《にく》しみのこもった視線を神像に向けている。

「ロレインはね、熱心なミューズ信者なの」

ルシアが近付いてきてコッソリと教えてくれる。

もし俺が、女神ミューズに会ったことがあると言ったら、彼女はどのような反応を見せるのだろうか？

もっとも、これまで父親や母親やセリアにも明かしたことはないので、言うつもりはない。

そのようなことを主張したところで頭がおかしいと思われるか、女神ミューズの名を騙《かた》る背信者として命を狙《ねら》われかねない。黙《だま》っているのが一番だろう。

「それよりクラウス、一つお願いがあるんだけどいいかしら？」

「何ですか、メリッサさん？」

礼拝堂内を警戒《けいかい》しつつ進んでいると、メリッサが話し掛けてきた。

「グールを討伐したらさ、毒爪を回収して欲《ほ》しいの」

「それは構いませんけど、どうしてですか？」

俺が不思議そうな顔をしていると、ロレインが会話に混ざってきた。

「私はアカデミーで錬金術を専攻《せんこう》しているのです。Cランクモンスターのグールの毒は錬金術でも使える素材なので、この機会に集められたらと考えていたのですわ」

どうやら、素材を収集したいと言っていたのも本当だったらしい。

「そういうことですか、なら張り切って倒しましょうかね」

要望がわかれば断る理由もない。

程なくして、俺の目の前に三匹《びき》のグールが出現した。

「クラウス、俺も前に出ようか？」

「いえ、俺一人で大丈夫なので、フェニやパープルと一緒に三人を護《まも》ってください」

ブレイズには三人の護衛を任せ、俺は太陽剣を抜き一気に前に出た。

『GUUUUUUUURRUUU』

この世のものとは思えない、心臓を鷲掴《わしづか》みしそうな暗い声。

「ひっ！」

悲鳴が聞こえる。声からしてルシアのようだ。

「お返しだっ！」


――『アアアアアアアアアアアアアアアアッ！！』――


俺は口を開け叫《さけ》び、グールどもを威圧《いあつ》した。

『GU……AAAA!?』

グールたちが驚き戸惑《とまど》い動きを止めた。フェニから得た【威圧（中）】のスキルが効果を発揮したようだ。

「完全に隙だらけだ！」

止まっている敵に攻撃《こうげき》を当てるのはたやすい。

俺が太陽剣を横に振《ふ》ると、三匹のグールは上半身と下半身が分かれて地面に崩れ落ちた。

「まいったぜ、グールを一瞬《いっしゅん》で倒すとはな……」

ブレイズが呆《あき》れたような表情で俺を見ている。

「それ……もう死んでるの？」

ブレイズの陰《かげ》からルシアがおそるおそる様子を窺《うかが》っている。

グールは元々、死体が瘴気を吸って動くようになったモンスターなのでどう返事をするか一瞬悩《なや》む。

「アンデッド系モンスターはしぶといので、この状態からでもまだ動きます。近寄らないようにしてください」

俺は三人に下がるように言うと、グールの首と手と足を斬り身動きできないようにしていく。

こう見えてグールの身体は瘴気により強化されているので硬《かた》く、普通《ふつう》の武器では切断するのも一苦労なのだが、太陽剣の斬れ味は他に類を見ない程鋭《ほどするど》いので、この手の作業も楽だった。

指を切り離《はな》し、まだ動いているそれを革袋《かわぶくろ》に詰《つ》めると、ロレインに差し出す。

「これで大丈夫ですかね？」

「あ、ありがとうございます、クラウス様。で、ですが……その、も、申し訳ないのですが、もうしばらく持っていていただくことはできませんでしょうか？」

表情を引きつらせ、青ざめた顔をするロレイン。無理もない、革袋の中では指が動いており袋《ふくろ》の形が常に変わっていて不気味だったたから。

「構わないですよ、それじゃあ、動きが止まるまでは俺が持っておきます」

俺が苦笑いを浮かべていると、

「あっ、ロレインが怖がってる。素材に触《ふ》れないと錬金術もできないんだよー？」

ルシアがロレインをからかい始めた。

「いや、流石《さすが》にこれは冒険者をやってる俺でも気持ち悪いって」

ブレイズがロレインのフォローをしてみせた。

「そうよ、そんなこと言うならルシア、あんたが寝《ね》ている時に背中から指入れるわよ？」

メリッサは悪戯《いたずら》な笑《え》みを浮かべると、ルシアを脅《おど》した。

ルシアはその状況《じょうきょう》を想像してしまったのか顔を青くすると、

「ひっ！　冗談でもやめて！」

目に涙《なみだ》を浮かべてメリッサの腕を掴《つか》み懇願《こんがん》した。

皆が笑い、明るい雰囲気が流れる。このままいけば今日は何の問題もなく護衛を完遂《かんすい》できそうだと思っていると、ちょうどチェックポイントに到着《とうちゃく》する。

「これで、七つ目ね」

昨日が三つで今日が四つ。なかなか無理をしたものだと思う。

「ひとまず、これで目的を果たしましたので、戻《もど》るとしましょうか」

ロレインの言葉に頷《うなず》くと、俺たちはお互《たが》いに穏《おだ》やかな顔で引き上げていくのだった。


「なっ⁉　一体どうしてですのっ⁉」

アンジーの驚《おどろ》き声が聞こえる。

ベースに戻って食事をし、先日と同じように浄化の炎を使って身を清めた俺たちは、試験の中間報告を聞いている。

今日の礼拝堂のチェックポイントの点数が高く、アンジーたちと順位が逆転した。

「ふふん、だから言ったでしょ。負けないって」

メリッサは髪《かみ》を払《はら》うと勝ち誇《ほこ》った笑《え》みを浮かべている。

「い、インチキしたに決まってるわ！」

顔を真っ赤にしてこちらを指差すアンジー。

「それはそちらのことでしょうか？　ただ、こちらの護衛の方が頑張《がんば》ってくださっただけですわ」

「フェニちゃんやパープルちゃんも凄い活躍だったしねー」

ルシアは腕を後頭部で組むとアンジーを挑発《ちょうはつ》した。

「そ……そんなの、護衛に恵《めぐ》まれただけじゃない!?」

「あんた、装備を貸したり、他のグループを懐柔までしておいてよく言うわね」

苦しい言い訳にメリッサの表情が歪《ゆが》む。

「とにかく、これで勝負ありよね？」

明日は最終日で、近場で比較的《ひかくてき》安全に回れるチェックポイントは残っていない。唯一《ゆいいつ》の例外は一つあるのだが、そこは立ち入らないように試験官からも言われている。

「これに懲《こ》りたら、私に突《つ》っかかってこないでよね」

これ以上は馬鹿らしいとばかりに、メリッサはそう告げる。

俯《うつむ》くアンジーを尻目《しりめ》に、俺たちは引き上げていった。


「……そろそろ、朝か？」

試験最終日、俺は普段よりも早くに目が覚めた。

あれだけ動いたわりには体力が完全に回復している。フェニックスのスキルのお蔭《かげ》だ。

俺は胸に乗った二匹を見る。

俺の胸の上にはフェニが座《すわ》って眠っていて、フェニの頭の上にパープルが止まっている。

二匹はまだ寝ているようで、

『ピヒュルル！』

『………Ｚｚｚ』

目を閉じ、羽をゆっくりと動かしている。二匹が俺に身体を預け眠る姿は毎日見ているのだが、見飽《みあ》きることがない。

『………！』

しばらく見ていると、パープルの触角《しょっかく》が動き目が開いた。羽を動かし浮き上がり、糸をだして頬に触れてくる。

「くすぐったいって」

『………♪』

俺はそう言いつつも右手でパープルの触角に触れた。

すり寄ってきて甘《あま》えてくる。本試験の間、見知らぬ人間と触れ合うことを禁止しているので、フェニもパープルも寂《さび》しいらしい。

とはいえ、流石に見知らぬ相手に触れさせるわけにはいかない。

従魔を快く思わない人物や、利用しようとする人物。単純にモンスターを忌避《きひ》する者もいるので、下手をすると問題になる。

『ピフッ？』

フェニも目を覚ました。

『ピィ！』

俺がパープルを撫《な》でているのを発見したフェニは「自分も撫でろ」とばかりに頭を差し出し主張した。

しばらくの間、二匹の頭を撫でていると陽が昇り始める。

「今日も頑張るかな」

今日が終われば帰路に就《つ》ける。

俺は生徒たちが起きてくるまでの時間、フェニとパープルと触れ合って過ごすのだった。


「それにしてもあの時のアンジーの顔ったらなかったよねー」

最終日、首位がほぼ確定した俺たちは談笑《だんしょう》をしながら魔城の残るチェックポイントを回っている。午前中もそこそこのモンスターが湧くチェックポイントを獲ったので、アンジーのグループとの差は益々《ますます》広がっているはず。

「それにしても、今朝はアンジーが何も言ってきませんでしたわね」

ロレインは口元に手を当てると「そんな往生際《おうじょうぎわ》が良い子ではないのですが」と呟《つぶや》く。

「私たちは最後まで気を引き締めていきましょう」

確かに、山場は越《こ》えたが、油断してよいことなどない。メリッサの言葉に、俺たちが気を引き締めていると……。


――ドーーーーーーーーン！！！！――


「何、爆発《ばくはつ》!?」

「あちらの方からですわ」

俺はロレインと目が合うと彼女の言葉を聞く。

「アカデミーの生徒にはこんなところまで音を響《ひび》かせる魔法の使い手はいませんわ」

三人が不安そうに互いの顔を見合わせ、俺はブレイズと目が合うと同時に頷いた。

「行ってみましょう」

19

「誰か、ポーションを！」

「先生を、先生を呼んできてっ！」

その場は地獄《じごく》のような状況になっていた。

多くの生徒が地面に転がっており負傷している。

傷を負っているのは生徒だけではなく、護衛の方が重傷で、中には自力で起き上がることすらできない者もいた。

「一体、何が？」

「わ、私は悪くない。だって仕方ないじゃない……」

アンジーは真っ青な顔をしていた。先日、メリッサに負けを突き付けられたアンジーは逆転を狙い、試験官から立ち入ることを禁止されていた【魔王の間】フロアに挑《いど》んだのだ。

クラウスたちにできて自分たちにできないわけがない。そう周囲を言い聞かせてまとめ上げたのだが……。

『愚《おろ》かな人間どもめ……我《わ》が棲家《すみか》を荒《あ》らしおって……』

どこからともなく声が聞こえる。

全員が上に視線を動かすと、そこにはところどころ擦《す》り切れているローブを身に纏《まと》ったモンスターが浮かんでいた。

血のような赤い瞳《ひとみ》に真っ白な肌《はだ》。頬はこそげ落ちており、まるで末期の病に侵《おか》された病人のようだ。

宙に浮かぶそのモンスターは地面に転がっている集団を見下ろしている。

「リッチ……？　いや、この力は……明らかにリッチを超えている！」

護衛の一人がそう断定する。Bランクモンスターのリッチ。魔導に長《た》けたものが死に、瘴気《しょうき》を吸って蘇《よみがえ》る。知能が高く魔法を扱《あつか》う上、レイスと同じく実体がないので魔力《まりょく》がこもっていない武器による攻撃は一切《いっさい》通じない。

「エルダーリッチだ！　気を付けろ！」

護衛はモンスターの正体を看破すると周囲に向かって警告した。

「エルダーリッチだって⁉　どうして、そんなモンスターがこんなところに⁉」

アカデミーの生徒を調査に連れてくるということで、事前に騎士団《きしだん》が訓練を兼《か》ねて討伐を行っていた。

その時にはこれ程強力なモンスターは出現しておらず、突如《とつじょ》出現したエルダーリッチにその場の全員が表情をこわばらせた。

「受験生は生徒を逃《に》がすための時間稼ぎをしろ！　ここから脱出《だっしゅつ》した人間は本部に応援《おうえん》を要請《ようせい》してくれ！　こいつはA＋ランクのモンスターだ！」

Aランクより上のA+ランク。熟練の騎士や国家冒険者をもってしても集団でかからなければ討伐できないモンスター。

生徒を護りながらでは相対することも不可能なので、護衛は即座《そくざ》に判断をくだした。

「わかりました！」

生徒が出口に向かって走る。

『逃がすわけ……ないだろう……愚か者ども……』

エルダーリッチが右手をかざすと、扉《とびら》の前に透明《とうめい》な壁が張られる。

「なっ！　障壁《しょうへき》が張られている！」

触れると膜《まく》のようなものが一瞬現れる。高位の魔《ま》法使《ほうつか》いが張る障壁だ。

「こうなったら、魔法で相殺《そうさい》するしかない！　皆、この障壁に魔法をぶつけろ！」

咄嗟に生徒に指示をするのだが、

「駄目《だめ》っ……魔力がもう……」

大半の生徒は、ここに来るまでに魔力を使い切ってしまっている。

「そんな……、逃げられないというのか⁉」

Aランクモンスターまでなら、この場の全員でかかれば突破《とっぱ》口《こう》くらいは開けると踏《ふ》んでいたが、A+ランクとなるとそうはいかない。

全員で攻撃を仕掛《しか》けたところで、返り討《う》ちに遭《あ》うのが関の山だ。

「……どうするか?」

冒険者は冷静だからこそ、自分たちの状況を把握《はあく》した。

現在この場にいるのは護衛が十名に生徒が十五人。ここまで強力なモンスターと戦った経験もなく、正確な判断をくだすことはできない。

「こうなったら全員で一斉《いっせい》にかかるぞ!」

「そうだ、やつを傷つければ障壁の効果も弱まるはず! そうすれば……」

たとえ勝ち目がなくとも、彼《かれ》らは冒険者だ。状況が絶望的とはいえ、諦《あきら》めるようなことはなかった。

周囲を鼓舞《こぶ》し、その場を絶望から盛り上げていく。冒険者の目にも力が宿り、覚悟《かくご》を決める。そんな中……。

「ふざけるな! 何で俺たちまでA+ランクなんて危険なモンスターに挑まなきゃならないんだよ!」

アンジーを取り巻いてる護衛が叫んだ。

「あ、あんた! 家が推薦《すいせん》したから本試験を受けられたんでしょ! 護りなさいよ!」

「うるせえ! そっちこそ、これまで散々わがままを言ってきやがって! そもそもてめえのくだらねえ要望のせいでこうなってるんだろうが！」

本来なら合格基準を満たしており、後は晴れて国家冒険者になるだけだった。それなのに、なぜ窮地《きゅうち》に追いやられているのか……。

「何をしている！　今はそんなことを言っている場合では……」

冒険者の一人が二人の言い争いを止めようとしていると、

――『オオオオオオオオオオオオオオオオオオオ』――

エルダーリッチの声が響き渡《わた》った。

「あああああああ」

「いやあああああああ」

「もうおしまいだ……」

【威圧】の効果を受け、全員が戦意を喪失《そうしつ》しくずおれる。

『所詮《しょせん》は……人間……この……程度……カ』

エルダーリッチは目の前で呆然《ぼうぜん》としている者たちを蔑《さげす》むと、右手を上げ、魔法で止めを刺《さ》そうとする。

威圧の効果を受けており、抵抗《ていこう》一つできない彼らをつまらないものを見るような目で見た。

エルダーリッチは右手に魔力が集中し魔法を作り出す。黒い炎《ほのお》が徐々《じょじょ》に大きくなっていき、魔法が完成して放たれればこの場の全員が塵《ちり》と化す。

今まさに、エルダーリッチが魔法を放とうとした瞬間《しゅんかん》、

「それ以上はさせない！」

エルダーリッチの目の前に、クラウスが立ちはだかった。

★

「ブレイズさんと三人は、皆を連れて下がってください」

俺はエルダーリッチを牽制《けんせい》しながらブレイズ、メリッサ、ルシア、ロレインに指示を出す。

爆発音《ばくはつおん》を聞いてアンジーたちとは別な扉を潜《くぐ》り駆《か》け付けたところ、エルダーリッチが宙に浮かんで魔法を唱えており、今まさに止めを刺そうとしていたからだ。

『ほう……まだ……贄《にえ》が……おったか？』

エルダーリッチの真っ赤な目が不気味に輝《かがや》く。異様な雰囲気を漂《ただよ》わせ、これまで感じた

ことがないような圧力に心臓を鷲掴みされたかのような錯覚《さっかく》を覚える。

「ひっ！」

「くっ！」

「やぁ！」

「ぐっ！　くそっ！」

後ろではメリッサ、ロレイン、ルシア、それとブレイズの悲鳴が聞こえる。

エルダーリッチが何かしたのは明白で、俺も息苦しさを覚えたが、俺はやつを睨《にら》みつけるとどうにか堪《こら》えた。

『お前も……【威圧】が……使える……ようだな？』

先程《さきほど》から感じる圧力は、どうやら【威圧】のスキルによるものらしい。俺自身、フェニと契約《けいやく》しているお蔭で耐性《たいせい》があるからか、他の皆よりも効果が薄《うす》いようだ。

『だが……それだけのこと。仲間も……いない……この状況で……何ができる？』

既《すで》にエルダーリッチは魔法《まほう》を完成させており、絶対的有利な立場にいる。

あの魔法を放てば即座にこちらを全滅させられるのだ。

にもかかわらずこちらの絶望を楽しむ様子を見せるエルダーリッチに、俺は思わず笑みを浮かべた。

『人間……何が……おかしい？』

エルダーリッチは不愉快《ふゆかい》そうな声を出すと赤い瞳を輝かせ、俺を睨みつけてきた。

「仲間なら……いる！」

『何……だ……と……？』

次の瞬間、エルダーリッチの上空をフェニとパープルが押さえた。

パープルが羽ばたくたび、虹色《にじいろ》の鱗粉《りんぷん》がキラキラと舞《ま》い降《お》りる。

『これは!?　私の……魔法が……消え……る!!』

鱗粉に触れた箇所《かしょ》から黒い煙《けむり》が上がり魔法が消えていく。エルダーリッチの身体からも黒い煙が上がっており、本体にもダメージがいっているようだ。

「ロレインが言ったとおりだ！」

レインボーバタフライの鱗粉は魔力を溜《た》めこむ性質がある。武器や防具に混ぜ込《こ》むことで精霊《せいれい》やゴースト系に対する威力《いりょく》を向上させたり、魔法に対する抵抗力《ていこうりょく》が格段にアップするのはそういう理屈《りくつ》だと先程教えてもらった。

俺《おれ》たちが注意を引き付けて、タイミングを見計らいフェニが高速移動でパープルを運び、パープルが魔法を打ち消す。

『ならば……まず……そちらから……消す……まで……』

エルダーリッチの目が赤く輝き、パープルに襲《おそ》い掛《か》かろうと手を伸ばした。

『ピーーーイィ！』

次の瞬間、フェニがフェニックスフェザーを放つと、エルダーリッチは両手をかざし魔力による障壁を張って防いだ。

『フェニックスだと⁉　おのれ……このような場所に……我が天敵が……いるとは……あり得ぬ』

パープルの鱗粉は魔力を打ち消すし、フェニの炎には浄化《じょうか》の力が備わっている。この二匹はエルダーリッチにとっての天敵だ。

「今のうちに避難《ひなん》を！」

ルシアとメリッサが全魔力を叩《たた》きつけ防壁《ぼうへき》に穴を開け、そこから生徒が出て行く。守るべき対象がいなくなれば戦いやすくなる。

「気張れよクラウス。ここが正念場だからな！」

隣《となり》に立ち剣《けん》を構えるブレイズは顔面蒼白《そうはく》状態。威圧を受けて無理をしているのだろうが、それでも戦おうとするのか……。

『雑魚《ざこ》がっ！　我を……侮《あなど》るな！』

次の瞬間、漆黒《しっこく》の炎がエルダーリッチから放たれた。

『ピィ!』

『………⁉』

漆黒の炎を受け、フェニとパープルが吹《ふ》き飛ばされる。

「フェニ! パープル!」

『ふははは……高ランクモンスターとはいえ……生まれたばかりのようだな……この程度なら……我が負ける道理はない』

吹き飛ばされ仰向《あおむ》けで地面に転がるフェニとパープル。身体が動いているので生きてはいるようだが……。

「おいおい、幻獣《げんじゅう》までこんなになるなんて、誰が勝てるってんだよ」

唯一エルダーリッチに対抗《たいこう》できそうな二匹があっさりとやられたことで、皆の顔に絶望が浮かぶ。

俺は剣を構えるとエルダーリッチへと近付いて行く。

「く、クラウス?」

ブレイズの驚いた声が背後から聞こえた。

「ここからは、俺が……戦う!」

『ふははは……貴様が……我の……相手をする? 面白《おもしろ》い……冗談《じょうだん》……だ!』

エルダーリッチは愉快《ゆかい》そうに笑った。

「クラウス様！　ここは時間を稼《かせ》いで国家冒険者《ぼうけんしゃ》の応援を待つべきですわ！」

ロレインの言葉が聞こえる。結界に穴を開けたので、逃げた生徒が今頃《いまごろ》国家冒険者に状況を伝えているはず。それが一番安全な方法だろう。

「お前は、俺の大切な従魔《じゅうま》……いや、家族に傷をつけた」

だけど、フェニやパープルの傷ついた姿を見ると怒《いか》りが湧いてくる。

「お前だけは絶対に許さない！」

太陽剣を突きつけ宣言をする。

『許さぬ……だと？　雑魚が……吠《ほ》えよる……だが……貴様一人で……何が……できる？』

エルダーリッチは魔法で黒炎の矢を作り出すと放ってきた。

「くっ！」

咄嗟《とっさ》に避《よ》けるが、速度が速く完全には避けられない。

『その剣は……確かに……我に傷を付けることが可能な……名剣《めいけん》だが……空を飛べぬ貴様では……我に攻撃を……届かせることはできき……ない』

俺の太陽剣の威力を知っているのか、決してこちらに近寄らず、宙から攻撃を繰《く》り出すエルダーリッチ。

「誰か、クラウス君の援護《えんご》をして！」

「駄目ですわ。皆魔力《みなまりよく》が尽《つ》きていて……それに、威圧の効果が……」

ルシアが叫び、ロレインが現状を正しく把握している。

『逃げ……惑《まど》え……虫けらのように……惨《みじ》めに転がれ……そして……無力を嘆《なげ》きながら……死ね‼』

流石はA＋ランクモンスター、付け入る隙《すき》が一切ない。このままではいずれ致命傷《ちめいしよう》を受けてしまう。

「お願い、二匹とも起きて！　クラウス君がピンチなんだよ！」

ルシアの声が聞こえた。いつの間にか彼女《かのじよ》はフェニとパープルに駆け寄っていた。

『ちょろちょろと……目障《めざわ》りなやつ……まず……そちらのモンスターを片づけるか？』

「やめろおおおおおおおおっ！」

気絶している今、二匹がエルダーリッチの攻撃を受けて無事で済むとは思えない。

捨て身で突進《とつしん》する俺に、エルダーリッチは笑みを見せるとその手を二匹へと向けた。

「駄目ええええええええええ！」

ルシアがフェニとパープルを庇《かば》うように両手を広げる。

エルダーリッチは瞳を輝かせると、手に魔法を集束させ始めた。

「ルシア!!」

ロレインの悲痛な叫び声が聞こえる。

『くらえっ！』

魔法が撃《う》ち出される。俺は表情をこわばらせその光景を見ていると……。

『ピピピピィイイイイイイイイイイイ！』

『…………&%”☆彡！！！！！』

次の瞬間、ルシアの目の前に虹色の炎の壁《かべ》が立ち上った。

『何……だ……と……!?』

炎の壁はエルダーリッチが放った魔法を吸収し、益々大きく燃え上がる。

「あれは浄化の炎？　いや、パープルの鱗粉の特性も備えた……」

魔力を吸収する炎――【吸魔の炎】とでも呼ぶべきだろうか？

どうやら、この土壇場《どたんば》でフェニとパープルのスキルが融合《ゆうごう》し、新たなスキルを生み出してしまったらしい。

『なななななぁ!?　魔法を……吸収……した……だと!?』

エルダーリッチは今度こそ余裕《よゆう》を失い、驚愕《きょうがく》の声を上げた。

『ピピピィ！！！』

『…………#＃＄！』

フェニの頭にパープルが乗る。フェニが口から虹色の炎を吐《は》くと、それをまともにくらったエルダーリッチはダメージを受けた。

『くっ……おのれ……このようにモンスターが協力するなど……聞いたことがない』

野生のフェニックスとレインボーバタフライが協力して戦うなどあり得ない。ここでしか起こりえない奇跡《きせき》。

先程までは確かにエルダーリッチが俺たちを追い詰めていた。

だが、フェニとパープルの二匹で放つこのスキルは魔法を吸収しその威力を上げる。魔力を操《あやつ》る者にとってこれ以上相性《あいしょう》が悪いスキルはない。

やつもそれを悟《さと》ったのか……。

『ここは……一度引くしかない……愚かな人間ども……このままでは……済まさんぞ！』

宙を飛び、その場から離脱《りだつ》しようとするエルダーリッチ、空を飛ぶことができない俺では追いかけることができない。だが……。

パープルが糸を俺の両肩《りょうかた》に巻き付け空に浮《う》かぶ。

「パープル、大丈夫《だいじょうぶ》なのか？」

『…………！』

怪我《けが》をしているだろうに、パープルは俺の身体を持ち上げるとエルダーリッチの後を追いかけた。

『何⁉』

追いかけてきた俺を見て、エルダーリッチに初めて恐怖《きょうふ》の感情が浮かんでいた。

「悪いが、俺の家族を傷つけたやつを逃がすつもりはない」

パープルが糸を切り離し、俺はエルダーリッチに向かって落下していく。

『貴様のような人間が……まさか……女神の使……おのれえええええ……』

これまで、多くのモンスターを屠《ほふ》ってきた太陽剣は、例外なしとばかりにエルダーリッチの身体も斬《き》り裂《さ》いた。

エルダーリッチの身体が黒い霧《きり》となって上空に散っていく。

『…………♪』

パタパタと羽ばたくパープルの羽音がどこか御機嫌《ごきげん》に聞こえた。

20

「どうにか、生き残ることができたな」

俺とパープルが皆《みな》の下に戻り、エルダーリッチを討伐《とうばつ》したことを告げると、その場の皆が安心してホッと息を吐いた。

エルダーリッチという、大規模討伐対象モンスターと遭遇《そうぐう》しておきながら死者がゼロというのは奇跡に近い。

生き残ることができたことに、涙を浮かべ抱《だ》き合って喜ぶ者の姿も見えた。

「それにしても……何の前触《まえぶ》れもなく強力なモンスターが出現するとは、どういうことなんだろうな？」

拠点《きょてん》にいた試験官とアカデミーの教師も来ており、撤収《てっしゅう》作業をしている。

完全にイレギュラーな事態に対し、急ぎ答えを出そうとしているようだ。

（そういえば……女神《めがみ》ミューズも言っていたか？）

最近【魔境《まきょう》】でモンスターが活性化している、と。

もしかすると、これはその影響《えいきょう》ではないだろうか？

人が寄り付かない魔境は世界中のいたるところに存在している。

女神ミューズの言葉として受け入れてもらえるかはわからないが、今回の件もあるし、国の上層部に伝わるように忠告しておくべきだろう。

俺がそんなことを考えていると、

「それにしても、エルダーリッチを単独討伐とはおそれいる。生徒や他の受験生を護ったことも考慮《こうりょ》すると相当な高評価だぞ」

試験官が右手を差し出し握手《あくしゅ》を求めてきた。

「いえ、今回の救出については俺だけの手柄《てがら》ではないです。救出に向かう判断はブレイズさんとしましたし、メリッサさんからも仲間を助けて欲《ほ》しいと頼《たの》まれました。ロレインさんの知識がなければレインボーバタフライの鱗粉を使った作戦も思いつきませんでしたよ」

全員が一丸となって最善の行動をとった結果が今回の死亡ゼロという奇跡を実現させた。

「そうだな、エルダーリッチがいるのにもかかわらず、皆を救うために行動した勇気。俺はお前たちを尊敬するぞ」

試験官と教師が俺たちに視線を向ける。

周囲にいた他の者たちも、温かい視線を俺たちに送っていた。

「ごめんなさい、メリッサ。命がけで助けにきてくれてありがとう」

アンジーがメリッサに頭を下げていた。

「べ、別に、そんなの当然だし！」

メリッサは顔を赤らめるとそう言う。

「メリッサはね、普段《ふだん》は気が強いんだけど、人から好意を向けられると照れちゃうの。

可愛《かわい》いんだ」

ルシアがこっそりと耳打ちをしてきた。確かに、照れているメリッサは普段気を張っている時よりも年相応の少女のように見える。

「ルシアさんもありがとう」

「ほぇ？　私？」

目を丸くして自分を指差すルシア。

「エルダーリッチの攻撃から二匹《ひき》を守ってくれただろ？」

『ピィピィ！』

『…………♪』

フェニとパープルもルシアの周囲を飛び回り感謝を伝える。

「や……だって、あの時は咄嗟に身体が動いたんだもん」

メリッサと同じく、ルシアも照れた様子で両手をパタパタさせる。俺の家族を守ろうとしてくれたことに感謝しかない。

「ねぇ、フェニちゃんとパープルちゃんに触れたら駄目かなぁ？」

ルシアの言葉を聞いた二匹は即座に彼女に抱き着いた。

「うわっ！　あ、温かい。モフモフしてるよぉ」

二匹にまとわりつかれて幸せそうな表情を浮かべるルシア。

「あれ、皆様《みなさま》どうされたのでしょうか？」

そのタイミングでロレインが戻ってきた。

「ロレインさん。エルダーリッチを倒《たお》したとはいえ、他のモンスターもいないとは限らないんですよ。あまり離れて行動を取るのは危険です」

姿が見えないと思ったら、離れた場所にいたようだ。

彼女に万が一があっては困ると思い、忠告をする。

「申し訳ありません、クラウス様。ですが、どうしてもあれを回収しておかなければならなかったので」

ロレインは頭を下げながらも、単独行動をした理由を告げた。

「あれって？」

俺が首を傾《かし》げていると、ロレインは革袋《かわぶくろ》を俺に差し出してきた。

受け取ってみると、けっこう中身が詰《つ》まっていて、見た目よりも重かった。

彼女と目が合うと頷いてみせる。俺が革袋を開けると、黒く光る粉がぎっしりと入っていた。

「レアアイテムであるレインボーバタフライの鱗粉、そして同じくレアモンスターA＋ランクのエルダーリッチ。その魔力を吸ったこの粉は、最上級の闇《やみ》属性を持つレアアイテムとなっています」

ロレインが回収してきたのはエルダーリッチの魔力を吸いこんだ鱗粉だった。

確かに、レインボーバタフライもエルダーリッチも滅多《めった》に遭遇できないモンスターだ。

しかも、この二種類は生息圏《せいそくけん》も違《ちが》うので顔を合わせることがない。

そんな二種類のモンスターから生み出されたこの粉は狙《ねら》って手に入れることができない一品物ということになる。

「元々の鱗粉の所有権はクラウス様にあり、エルダーリッチを討伐されたのもクラウス様です。なので、こちらの所有権も当然クラウス様になりますね。差し出がましいのですが私が回収してきましたわ」

ロレインはそう言うと微笑《ほほえ》んだ。

「これは思わぬ副産物ですね。このことを知ったら、錬金術師《れんきんじゅつし》ギルドも魔導師《まどうし》ギルドも鍛《か》冶師《じし》ギルドも商人も、売ってくれと殺到《さっとう》してくると思いますよ」

アカデミーの教師が眼鏡をクイとあげ、俺の手許《てもと》にある黒い粉を凝視《ぎょうし》する。

「後はどうするかはクラウス様次第《しだい》ですが、もし手に余るようであればお声掛けください。私の方で御父様《おとうさま》に話は通しますわ」

ロレインも積極的に商談を持ち掛けてきた。このアイテムの取り扱いについては慎重《しんちょう》にならなければならないだろう。

「何でもいいから。早く帰りましょうよ」

疲労《ひろう》を滲《にじ》ませたメリッサの一言で、俺たちは互《たが》いに笑い合い、魔城をあとにするのだった。

エピローグ

「クラウスを国家冒険者として認定《にんてい》する」

マルグリッドさんの言葉に、その場にいた全員が頷《うなず》く。

俺は前に出ると、新たに国家冒険者の証を受け取る。いつかキャロルが身につけていたのと同じ首飾《くびかざ》りだ。

「おめでとう、クラウス。これで同僚《どうりょう》だね」

キャロルが祝辞を述べてくる。

「ありがとう」

「それにしても、エルダーリッチと戦ってみたかった」

キャロルは国家冒険者試験の内容を聞いているらしく、非常に残念そうな顔をする。

「俺は、できればあんな遭遇二度と御免《ごめん》だな」

フェニやパープルとの相性が良かっただけで、下手すると犠牲《ぎせい》が出ていた。A＋ランクのモンスターとはもう戦いたくない。

特に、ルシアが攻撃《こうげき》された瞬間は本当に肝《きも》が冷えたのだ。

「この後どうするの？」

キャロルは首を傾げると俺の予定を聞いてくる。

「実は、妹がお祝いの料理を作って待ってるんだよ」

「料理……美味《おい》しい？」

いつか、俺が試験に合格したら手料理を振《ふ》る舞って欲しいと約束したことがある。

セリアはその約束を覚えていて律儀《りちぎ》に守ってくれていた。

俺が今日出掛《でか》ける際も「食べきれないくらい用意しちゃいますから覚悟してくださいね」

と言っていた。

「良かったらキャロルもくるか？」

「いいの⁉」

キャロルは耳をピンと張り尻尾《しっぽ》をブンブンと揺《ゆ》らす。

俺はキャロルを伴《ともな》ってアパートに戻《もど》ると、

「兄さん。おめでとうございます」

『ピィ！』

『…………♪』

セリアとフェニとパープルが出迎《でむか》えてくれる。

「御馳走《ごちそう》いっぱい用意したので、お祝いしましょう」

セリアにキャロルを連れてきたことを告げると宴《うたげ》が始まる。

豪華《ごうか》な食事に楽しそうにする皆の姿が目に映る。

キャロルは一心不乱に食べているし、フェニとパープルも仲良くじゃれ合っている。

セリアは最近の学校生活のことを楽しそうに話している。そんな光景をながめていると

……。

「兄さん？」

セリアが怪訝な表情を浮かべ俺を見上げた。

「いや、なんでもない」

俺は彼女に笑いかけると、

「これこそが、俺が求めた理想なのかもしれないな」

そう呟くのだった。

あとがき

この度は、本書を手に取っていただきありがとうございます。

著者のまるせいです。


この作品は『小説家になろう』『カクヨム』というＷｅｂ小説投稿サイトに投稿した内容を加筆・改稿したものになります。

今回の作品は元々、漫画原作の企画書として用意していたストーリーだったのですが、残念ながら採用されませんでした。

私はそこで諦めたかというとそんなこともなく「どう考えても面白いやろ！　こうなったら小説にして投稿してやる」と叫びながら執筆して投稿したのです。

結果として人気を得ることができて出版社の目にとまり、こうして書籍化するに至りました。

あの日諦めて企画書をお蔵入りしなかった自分の判断と、見事この作品を発見してくださった編集者様のお蔭で陽の目を見ることができたわけです。

謝辞について。

イラストレーターの珀石碧様。今回は素晴らしいキャラクターデザインと表紙・口絵・挿し絵を描いていただきありがとうございます。

表紙には主人公のクラウスの他にセリア・フェニ・パープルと一巻に登場するメインキャラクターを揃えていただきました。全員が仲良くしている様子から、この作品がほのぼのした物語だと読む前に伝わっていると思います。

口絵ではフェニの誕生・人物紹介・最後の戦闘場面と描き分けられており、ワクワクとドキドキを期待してしまいそうな素晴らしいカラーイラストになっております。

挿し絵では日常的なイラストが多く採用されており、どの挿し絵もクラウスたちが楽しそうに冒険や学園生活を送っている様子が描かれております。

さらに、挿し絵にはアカデミーの学生であるメリッサ・ロレイン・ルシアの三人娘が登場しております。

サブキャラクターの三人まで素晴らしいデザインをしていただいたお蔭で、より鮮明なキャラクター像を掴むことができたので、それぞれの個性を発揮することができたかと思います。

Ａ編集様。書籍化の声を掛けていただきありがとうございました。Ａ編集様には改稿・校正作業にお付き合いいただきました。

この作品がＷｅｂ投稿時より面白く、完成度の高い物語になったのはＡ編集様の尽力のお蔭だと思っております。

続巻を出版することができるかはわかりませんが、二巻を出版する際にはふたたび力添えをいただけると幸いです。

最後に、本作品制作に携わってくださったすべての関係者の方々に感謝を申し上げたいと思います。

願わくば、またお会いすることができると信じて、一旦筆を置かせていただきます。

まるせい

可愛すぎる激レア従魔と
楽しく冒険&無双！
コミックファイアにて
コミカライズ
連載スタート!!!
漫画：春夏冬 唯人

女神から孵《ふ》化《か》のスキルを授かった俺が、
なぜか幻獣や神獣を従える
最強テイマーになるまで
Author
まるせい
Illustrator
珀石碧
「小説家になろう」月間ランキング
1位
（[ハイファンタジー]
2023.9.2 時点）
「カクヨム」月間総合ランキング
1位
（2023.8 時点）
小説第2巻は今秋発売予定！

HJ NOVELS
HJN85-01

女神から『孵化』のスキルを授かった俺が、
なぜか幻獣や神獣を従える最強テイマーになるまで 1

2024年6月19日　初版発行

著者――まるせい

発行者―松下大介
発行所―株式会社ホビージャパン
〒151-0053
東京都渋谷区代々木2-15-8
電話　03(5304)7604（編集）
03(5304)9112（営業）

印刷所――大日本印刷株式会社

装丁――BELL'S GRAPHICS／株式会社エストール

乱丁・落丁（本のページの順序の間違いや抜け落ち）は購入された店舗名を明記して当社出版営業課までお送りください。送料は当社負担でお取り替えいたします。但し、古書店で購入したものについてはお取り替えできません。

定価はカバーに明記してあります。

Printed in Japan

ISBN978-4-7986-3554-5　C0076